書的情點播

有些心情無法排解，就需要一本書來配

祁立峰 —————— 著

目錄

輯三　點給同在寫作路上的你

文學的現場，比文學作品本身還精采

點書單 ◀

輯四　點給深陷同溫層的你

能從這扇門望見日出的美景，又何必到那扇窗聆聽鳥鳴

點書單 ◀

輯五　點給追求夢想的你
努力做夢，不如努力維持清醒

點書單◀

輯六　點給還在閱讀的你

讀出門道之前，先一起看熱鬧

點書單

自序

閱讀這件小事

這本散文集是我前幾年在《中國時報》人間副刊的「三少四壯集」，和《聯合報》聯合副刊「書市觀察」這兩個專欄的集結。它們大抵都與書有關，且與我的閱讀經驗有關，無論是推薦書，觀察圖書出版市場，或從文學作品的片羽靈光，連結到過去與當前的經歷感思。書中或參雜些過去青春回憶，以及當時已惘然的往事重現，但基本上放在書市歸類，應當是與書與閱讀相關的散文隨筆集。

不過真要我說實話，我覺得推薦書、選書、推廣閱讀、行銷故事……等等這些事，在這個出版業蕭條、讀者萎縮的時代，是一件頗為荒謬的事。在最後一輯關於「書市觀察」的集結裡，我提過好幾次讀者消失這樣的概念，但作者卻沒有隨之消失。這可能是當前臺灣最神奇的現象。

用更嚴謹的學術定義來說，這不僅是「神奇」而已。即便連續幾年的書店銷售報告呈現，臺灣人不再愛讀文學作品或小說了，但教大眾寫小說、講故事的工具書竟然逆勢大賣；有四成民眾一整年沒有閱讀過一本書，且上次讀書平均是七年前，但替大眾選書推廣閱讀的書本身卻同樣大賣；連續幾年臺灣選出代表字又苦又茫又亂，但心靈勵志的商管書與成功學卻意外大賣；每個人都在講厭世憤世，網路滿滿酸民，但推廣正能量、情緒療癒的書卻無端大賣。

我島看似很矛盾，認同混亂，但靜下心來分析推論，倒也沒那麼難理解。這就是已故作家、《房思琪的初戀樂園》作者林奕含說的：「沙龍沒有了，卻人人成了寫作狂。當安迪沃荷說的『每個人都能紅十五分鐘』，說的不是機會，而是機會的喪失。」可不是嗎？我們每個人每日每夜都在寫，在臉書或Line，在推特、噗浪，在Instagram，瘋狂敢曝自己，但我們越來越少閱讀，甚至看其他人寫出來的東西。像一整隊少了指揮而走鐘的交響樂團，像一整個房間裡每個人都在大聲說話卻沒有人聆聽。「眾聲喧譁」，這個成語具體化時豈止只是字面的意思。

那麼在這樣的時代，「文學經典」到底是什麼？有何意義？我不知道一切出了什麼問題，或許是系統性錯誤，或庸常性邪惡，我們對閱讀似乎產生某種功利性，或自我標榜性。「我在讀書」這事原本只是那麼樸實無華且低調，但因為這不再是日常行為了，於是純粹的閱讀比日本製造的壓縮機還稀少，成了值得一提的大事業。老師鼓勵學生閱讀，家長鼓勵孩子閱讀，甚至不知道從哪裡跑出來的新行當，所謂「閱讀推廣家」、「選書師」、「說書人」，大張旗鼓替人們選書、教人們讀書，五分鐘縮時說書，谷阿莫式的文學經典速讀。臺灣過了一分鐘，非洲就過了六十秒。

一些甚至不是我臉友的陌生帳號，不知從何得知我撰寫「書市觀察」這一類說書推薦的專欄之後，劈頭就來訊，問起我「某某作家或某某書值得一讀嗎？」我並非賤斥或鄙夷，是當真不知道該如何作答。每本書、就算再如何瞠乎盛名的經典大作，對每個人都有私我的、獨家的意義與靈光。這就是我在《書情點播》裡所希望呈顯的。這些書單的重點，並非在於將一本書原原本本、前後梗概、始末經緯介紹給讀者，它設定不過是散文隨筆，是我自己閱讀某些作品後的聯想，抒情的感思，甚至於該書關聯甚微。

但我覺得提倡閱讀的意義就在這裡，讀一本書時最私密、最善感、最細膩的體貼也就在這裡。我心目中的「讀書心得」，並不是面面俱到的、猶如大學生繳交報告那般，將一本書的梗概大綱陳述一次；或像學術論文索隱歸納分析；更不是博采炫學地去引經據典，把書裡冷門段落給複述一次。每一本書被閱讀的時候會因為不同的讀者，而不斷衍繹、派生出各種繁複的河道，歧路迷宮的花園，大概就是如此了。

感謝印刻文學的敏菁以及同仁們對本書的付出。在書市蕭條的時代，出版任何看起來就不會賣的書，本身就是超克，是赴險，暴虎馮河。但就像「公無渡河，公竟渡河」的古詩，或熱血運動漫畫。逆勢而為的大器本身就很有電影的風格。當然，現實世界不是電影不是少年熱血漫畫。

我常有一種悲觀的預視，「書」這個物什會慢慢消亡以至消失，如CD如錄影帶，但「閱讀」不會。每個人在大聲吶喊後，難免會精疲力竭，口燥脣乾，荒蕪寂寞地轉過頭來，想聽聽別人說了些什麼，因此我們就不該放棄正在做的事。繼續讀，繼續寫，像村上春樹的意象，用形而上的手，寫到最後一張書頁被磨蝕而止，就這麼一直讀一直寫下去。

二〇二〇年夏

輯一

點給曾嚮往愛情的你

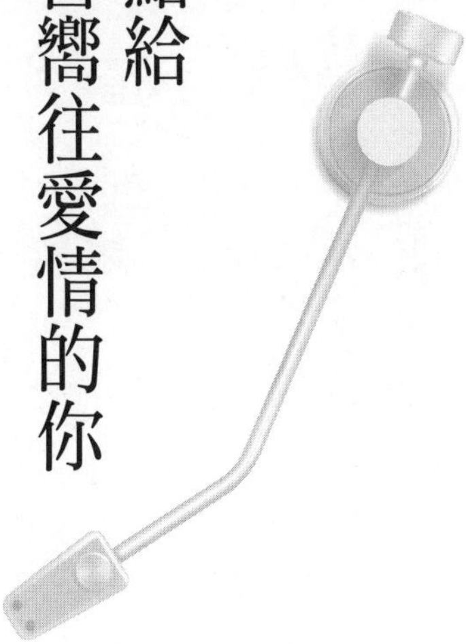

聽說愛情曾來過，其實只是聽說

草莓蛋糕理論

我還記得初次從學妹那聽聞所謂「草莓蛋糕理論」時，她就端坐在我隔壁的連號座位，以小貓般圓滾滾的眼睛，宛如流星般勾勾直望著我。對號座車廂內人聲錯織，鼎沸又雜沓。

這個理論是這樣：小說的女主角 Midori 和男主角渡邊說：我忽然超級無敵想吃草莓蛋糕啊。但無奈是凌晨三點，但你為了我，二話不說就衝下樓，費盡九牛二虎之力，氣喘吁吁風塵僕僕地給我買過來。但就在你將包裝好的草莓蛋糕小心翼翼交到我手上的時候，我和渡邊君你說，那個，我忽然不想吃草莓蛋糕了，接著隨手將這塊你千辛萬苦買來的蛋糕，直接扔到樓下。

「你能理解嗎？我所追求的就是草莓蛋糕般的愛情喔。」Midori 說。

這出自村上春樹名著《挪威的森林》的片段，在被學妹引述出來誇誇賞析之前，我還真的是壓根毫無印象。即便剛認識沒多久我就唬爛過她，說自己對八〇年代日本文學旗手的村上春樹，琳琅紛陳的每一本小說，都可說是如數家珍。而《挪威的森林》寫的那段全共鬥、封鎖校園，以和平反戰與烽火轇轕作為背景的三角戀愛情故事，更是我最愛的一部。

事實上，《挪》這本著作在全球暢銷以百萬冊計，扣除電影那些周邊效益，已然不下《哈利波特》等娛樂作品。而在《身為職業小說家》隨筆集結中，村上春樹說自己甚至將《挪威的森林》作為進入國外市場的名片，即便這部或許不是他小說風格論裡最奇幻最瑰麗的冒險代表作。但我們那個年代的文藝青年，依舊可以在那紊亂浮動的時代、那喧騰與靜謐併陳的東京都心，還有那些虛無又空靈的女孩子倒影中，感受那樣的緩慢和哀傷。

每個角色都宛如剪紙剪出來的、繞著跑馬燈轉圈同時發光的人形，藍色的風，夏天的汽笛聲，都隨著遠方的夢境越飄越遠，殘賸下碎碎段段的泡沫。

但為什麼我對草莓蛋糕理論印象全無。列車即將到站，響起倉皇的導盲音，Midori、直子、渡邊，像湖泊也像天空般的女孩與愛與和平與絕望的年代，已經離我很遠很遠了。

「所以學長你能體會嗎？應該可以吧？」學妹依舊以那對熠熠如星光的大眼睛望著我。姑且不論凌晨三點，樓底下是否還會有行人經過，會被 Midori 扔下的那一塊已經碎碎軟爛，卻仍具殺傷力的重力加速度之草莓蛋糕給砸個正著，以及接下來 Midori 可能將因任意傾倒廢棄物而違反社會秩序維護法被函送的這些問題。我想自己大概能體會吧。

所謂的草莓蛋糕理論。其實不過就是我們現在常說的公主病了吧？

當然我沒有這麼和學妹說。坐著速度異常緩慢、因為有了高鐵而淪為了電聯車的自強號。在此同時我不禁想，如果現實世界出現 Midori 這種女孩子，大概會讓人想將她連同買來的草莓蛋糕一起扔出火車車窗外吧。這大概日後可以算是我提出的自強號理論了。

冰箱

「冰箱是很女生的空間喔。」學妹說。在那座高聳挺立、有如通天巴別塔跟前，我神話學課堂耳濡過的什麼英雄試煉、通過儀式還陽具崇拜的，都顯得派不上用場。

我望著眼前這座銀晃晃、巨大厚實的固著物。分明只是租賃的分租套房，學妹硬是從拍賣網站訂下來這臺三百公升的巨獸，結果共用的廚房怎麼都塞不下，周旋不得了只得退貨，無奈定型化契約早載明——退貨必須自行包裝，搬到一樓待回頭貨卡車收走。這解釋了我為什麼在凌晨時分被叫來學妹和女室友們合租的宿舍，在這裡捆纏膠帶，並以各種難以想像的角度、力道，傾斜著巨物，將之喬上推車。

沒有變態到支解藏屍那種程度，但就我閱讀所及，女作家確實對冰箱、無論物理或隱喻性的，情有獨鍾。黃麗群寫過一篇冰箱文，黃媽媽響應節能補助政策汰換了舊冰箱，於是開始勾勒其內裡的結構。誠如吳爾芙的預言——女人走出了廚房，有了自己的房間（書房以及主臥房全套衛浴包括前陽臺和工作陽臺），然而廚房依舊在她們的皇輿全覽圖之內，水波爐、鑄鐵鍋、洗菜機、烤箱……體國經野，其中更以冰箱作為全幅版圖輻輳的中心。

黃麗群描敘的冰箱就像身體，極貪婪極私密，因此孩童去別人家作客不得任意解開封印，那是貪嗔饞相的具現化，那更是人家以潛意識層層彌封，最不能給盜夢移植走的全面啟動。柯裕棻還寫過一本小說就叫《冰箱》，故事裡女主角橘子陳述自己戀愛觀就像把鮮嫩嫩的感情放進冰箱，即便冰冰冷冷，但新鮮氣味長存。更貼切流行文化點，連SHE也唱過一首歌，歌名就是「冰箱」，「把大象放進冰箱有幾個步驟／把河馬放進冰箱有幾個步驟／把愛情放進冰箱／也已經到了時候」，看似僅是腦筋急轉彎的老哏，但一對戀人從此溝水東西流，過去那些為了彼此忍受的壞癖與挑食，再也不用收斂矜持了。

我不確定冰箱之於分租套房女孩們的療癒性，或許誰夜裡摸黑逃逸來到了廚房，就在那燈火俱滅甬道盡頭，殘存一盞冰箱裡光燦燦的鵝黃燈泡，那些凌駕於身體或快感的食慾被滿足的一瞬，猶如天啟救贖。

我邊滾著無止盡綿長的膠帶，聽著學妹說她的冰箱異質空間史。她曾替某男友烹飪滿了整整一冰箱的菜餚，冰保鮮盒，像沙上造字那樣淒美婉約。然而最末沙堡摧散，失去新鮮的愛情只能化為烏有；又某男友要求她將吃剩果皮也冰進冰箱，在無以準時候垃圾車時不至腐敗。「學長你相信嗎？現在我一想起他，就會聯想到ㄆㄨㄣ。」

我終於將冰箱包裝好成退貨的規格，嶄新如初。刻意露出壯碩筋肉，將冰箱弄上了推車。這可是身為一個工具人由衷的使命感啊。電梯往下，我和那鋼鐵巨物臉貼臉靠著一起，銀亮的琉璃瓷鏡面倒影出學妹的白皙俏臉。我想像有天自己也能如應許般、與學妹構築我倆的家屋，而她替我將愛心便當盒一個一個整齊疊好的畫面。

就在上貨車升降檯前，我疑似聽到冰箱深處穿來拍打的聲響。無所謂啦，至少不是屍體就好。

浴室

在學妹第二十三次歇斯底里憤怒喊著，「浴室又被誰給弄濕了」的跳針時分，我終於將最後一捆雜物塞進大垃圾袋，準備搬離這幢分租雅房。若不知情的室友撞見還以為我當真幹了一場獵奇推理小說必備的分屍秀。

搬進來時我就知道這裡是三四間雅房共用衛浴的格局，在這城市邊緣的繁盛山城，地狹人稠，難免得有所妥協，且青春正盛，各種怪癖俱無，與人共處一室也無所謂。

只是雅房群雖說是男女混住，卻絲毫沒有日劇《春浪漫》、《長假》，或吉田修一《同棲生活》那種：一群正妹失戀室友稍有不慎就擦槍走火、貪歡恨短的戀愛情節。事實是——每個室友各自蝸居自己房間，安排好使用衛浴時程與長短、垃圾各自處理，長時間幾乎不會遇到其他室友。我偶爾在房間裡聽到隔壁學妹與男友低聲吵架，疑似摔東西的極其內斂之憤怒。

而日劇另一個夢幻而啟人疑竇之畫面在於，無論男女主角，搬家一定是土黃原木紋色紙箱，齊齊疊疊，井然羅列。但現實是我多次搬家，都是被套床單一裹就走，這次落荒而遷，更是幾只大型全黑垃圾袋就搞定。

這短暫混住時光裡，其中一個學妹室友特別難搞，幾次在浴室貼紙條，要求使用者拉上浴簾、維持地面的乾爽。我真心不解，浴室浴室，沐浴之室，本來就是該弄濕的，我不是故意但就是會偶爾忘了拉上浴簾，或濕著腳跨出踏墊，更噁髒一點半夜入廁漏出些許尿漬到了馬桶之外……但也不必如此執拗的神經質吧。

到底水和弄濕的磁磚有什麼了不起？我回想自己所讀過的文獻，水似乎確實經常被當作慾望的隱喻。比方全本《白蛇傳》的前幾段，許仙與白娘子斷橋借傘，原本男女授受不親的倫常與分際，就因一場突兀的暴雨消弭了疆界、解殖了中心。以至到了《三言》改編成的〈白娘子永鎮雷峰塔〉裡，法海與白素貞鬥到昏天暗地海竭石枯的當口，白娘子開地圖砲放大絕，要水漫金山寺。

關於漫漶的水勢與慾望的辯證，在蔡明亮的電影《天邊一朵雲》裡設計了更突梯的場景。李康生主演的色情片男優，不知何故來到那些年因乾旱而分區限水的高雄取鏡，這下好了，一場浴室激戰的濕身挑逗，水龍頭擰開竟然滴水皆無，於是導演場務們只好在旁邊開寶特瓶灑水，淋上男女主角裸身，再無絲毫情慾只剩下爿爿荒謬。

至於張愛玲名著《紅玫瑰與白玫瑰》，振保初遇王嬌蕊同樣是在浴室、有水的場景。嬌蕊正在洗頭，導致振保沒熱水可用，而他就這麼窺探著紅玫瑰梳著頭髮，「地下的頭髮成團飄逐，如同鬼影子……到處都是她，牽牽絆絆的」。說起來健康人體每日新陳代謝，平均得掉一百根頭髮，我偶爾也在浴室踩到不知道誰的長髮，軟軟黏黏，著實噁爛，更何況每次排水孔被毛髮堵塞住，以至於排水不良時，其他室友壓根不會想到來清。

這才是浴室積水的主因吧。學妹怎麼會沒發現。然而我還是搬走了。偷窺一個放浪、娶不得、到處掉髮的紅玫瑰或許有點浪漫，有點張愛玲，但至於要她合租雅房嘛……還是算了。

行行

我早已忘了是什麼因緣，但我就這麼和學妹撐著便利店臨機買來、一把一百圓有找的透明傘，走過不知道幾個紅線捷運站的距離。這把周芬伶在〈傘季〉描摹讓同儕勾眼相望的透明傘，在雨季的臺北街頭顯得寒磣。

當晚已近凌晨，剩五分鐘末班捷運就要離站，我趕著要將學妹送回她位於劍潭還圓山的家，再坐上反方向的捷運。但為什麼你們會在這無光暗夜，黑裡肩偎著肩，走在漫長卻完全不適合拍成公路電影的臺北街頭呢？

「你不覺得下過雨後的中山北路無敵美嗎？」學妹貌似是這麼說。分明就有幾百個理由足以反脣相訕，之所以沒有，想必是當時我正追學妹的緣故。所謂的「因緣」線索逐漸瞭朗明晰起來，積雨雲席捲吹散開，露出如夢似幻的埃及藍湖泊。只是這樣的因緣最終沒能發展出深藏掌心內裡、深淺錯落的姻緣線。

步行是古典時期最主要的移動方式，就這麼隨著步伐邁開，每一次擺動腳步的距離，都隱喻著離別的傷感。模樣強悍，張致委屈。所以古詩有「行行重行行，與君生別離」的詩句，「重」作往復迴旋解，隨著走一段再走一段的距離，離恨更被加強，被劃線成複寫紙上的油墨漬。李煜的詞「離恨恰如春草，漸行漸遠還生」就是這個意象的轉化。

至於村上春樹《國境之南．太陽之西》也有一段，主角偶然在東京街頭邂逅了舊識的女孩島本，島本有一隻腳微微跛足，照說不適合長距離行走的她，卻從澀谷走到青山，又走到御茶水。而真正在城市逡巡踱步的，大概是朱天心與她的小說筆下的人物。《擊壤歌》的小蝦就已經徒步彳亍，巡迴了大半個臺北街區，而到了經典作品《古都》裡，敘事者「你」一路隨著日本參訪團，親身履踐，如班雅明描述的巴黎漫遊者，刺穿戳出了古今臺北身世。

古都帝京，王謝堂前，我最著迷還是最末段，「你」來到了景美溪畔，臺北終究不是武陵也不是桃花源，漁人再也找不到原初的航道，尋向所誌，遂迷不復得路。評論家說朱天心以怨毒著述，但我想即愛即忿，薰習愛染，貪嗔而癡迷，憎嫉而傷逝，這可能是小說家沒寫出來的最隱密法門了。

我和學妹終於走過了大半條中山北路，婚紗街熄了燈，雪紡飛颺的婚紗都給店員收了進去，只留贕蒼白枯槁的模特假人，孤伶伶站在櫥窗中央。學妹走路的步伐與說話的節奏都非常快，理當是年輕的緣故。我望著學妹短褲下快速擺盪的白皙長腿，還有她那張年輕而閃閃熠熠的臉龐、當她說話微笑時，非常美好的側臉弧線。那張明亮的俏臉完全沒有疲憊神色，像在皮影戲後臺剪影所透出的神光。

這是愛情，毋庸置疑。只是說到底愛仍然會累，會瘦，會想放棄。尤其是已經走過幾個捷運站距離，隔天還要早起上班的深夜時分。

於是我終究沒當成村上春樹，想必也再寫不出朱天心那樣的經典。相去萬餘里，各在天一涯。就在切割雨夜天際線的新生高架橋座底下，我停下步伐，將那枝像中山北路一樣美的透明傘遞給了她，招了後方捷運站排班的計程車。

春日遲遲

　　如果從非常科學以至近乎哲學的理論超克，或平行宇宙量子態或薛丁格虐貓那一類的什麼作為前提，來談這整件事，我們知道時間並不是絕對而是相對的向量。那麼，所謂的遲到或早到，不過是從主體出發以定義出的線性軸。

　　只是我虛擲了泰半個假日午後，就這麼將駕駛位的座椅放倒，荒無聊賴，半倚著在我那臺宛如工業革命面臨汰換老舊蒸氣機的車內，冒著怠速製造空污與多餘碳排放量之風險，聽著無力的引擎隆隆轉聲，細數著這已經是學妹第幾次遲到的約會。

　　我也不是全然對約會無心機的攻略者，各種所能想到的推遲出發時間，或分明人在路上卻唬爛已經抵達等伎倆，我全使過一輪了。但無論如何精算，學妹就是能在我抵達她家大廈樓下的後四十分鐘才姍姍遲來。一如「遲遲」這樣靜好溫婉的疊字，「姍姍」同樣是個意味深長，詞面卻如無瑕豔陽底下的湛藍海水那樣瀲灩晃盪的字眼。

終於，眼前華夏的厚重鐵門排闥開啟，學妹有如文藝復興名畫維納斯般降生在貝殼之中，她身著韓版貼身薄外套，水玉點點背心和牛仔短褲，如蒲公英迎風颺蕩的白皙長腿，娉娉裊裊，婷婷姍姍，一如成語的意象。

遲到總有理由，從開始的特定原因，到後期她往往訴諸一些無特定、且與性別差異有關的說法，諸如「女生出門本來就會比較久，我要洗頭還要化妝啊」，「你等人家一下又不會怎樣」。即便這些邏輯大抵就是「拜託，人家是女生耶」的複寫，我也再不好囉唆什麼了

與其說什麼遲到是一種天性，或更不解風情將之遽然定義為公主病，那可能都曲解了遲到的核心。岡嶋二人有部科幻推理的小說名作《克萊因壺》，在書中主角對遲到有獨到見解——當我們在等待他人的時候，本身就是一件相當屈辱的事。因為通常掌握權力者才能讓對方等候，無論是職場上下階級，或戀情裡攻受扮演。所以當我們非得承受別人遲到的時候，不得不裝成自己沒有在等待的樣子，滑手機、

翻雜誌等滑稽行為，就是為了遮掩這樣的難堪。

這麼說來，遲到者就是掌握權力者的一次示威。

也就身處那個權力弱勢，不得以苦候學妹宛如煙塵氤氳之時光，我想起《詩經》裡「春日遲遲」的句子。「遲遲」一般解釋為春天陽光推移緩慢延遲貌，在那和煦炎陽底下，影子被拉成了頎長的形狀，靜謐而無傷。過去論述抒情傳統的學者如陳國球或鄭毓瑜教授的論文中，都提到春日遲遲這樣的聯類形容。那麼緩慢，那麼遲，那麼聊賴的春天。春光乍現，一切宛如融化般濛曖失真。

即便透過如此迂迴漫長的磨難，我到底是領略了《詩經》中的抒情傳統，讀懂這延遲卻溫暖的日光。等待本身難堪又痛苦，但它終究有價值，成為爾後我們懷想的一個時間節點，卻話巴山。如此替一段無意義而荒廢的時光，或一段任性驕縱的戀情，給出更抒情更詩歌的解釋，似乎總也不算遲了。

南國戀人

學妹捲起長袖襯衣，露出她手肘延伸至上臂的烏黑瘀傷。同桌聚餐的我們一瞬驚呼聲錯織，宛如熱帶氣旋的共伴效應。「其實我覺得他還是有在為我著想，畢竟他沒有拿東西打我。」學妹竟還說起這種愚騃蠢話。我想任誰坎陷在癡纏畸戀跟前，智商大概只能秀下限。

對她暴力相向的對象，是學妹論及婚嫁的男友，我未曾親見卻早聽她講了無數遍。對方是來自南國的僑生，學妹與他從大二交往至今。配合兩人學校南北距離之蟲洞摺曲，我那時經常代班學妹的工讀。她偶爾向我講述兩人畢業後生涯規劃，男友準備赴國外進修廚藝，接著兩人一起歸返南方島國，拿攢存積蓄買下店面，經營他倆的小餐館繁盛之夢。

我瞇起眼睛，幾乎還能聽到那軟甜的聲線就像誓言或未來那一類的擬仿物，還在時空截面裡迴盪。

起初的幾年也確實如她所勾擘之設計藍圖，學妹孜孜工作存了頭期，給男友在怡保買妥了店面。只是經年勞燕分隔，當他倆真正開始同居生活時，一切就跳針走鐘落漆打回原形似的。終於學妹受了身心靈重創黯淡回臺，男友家裡此後也再不幫忙轉接她掛過去的越洋電話。「超級渣男耶。」我們之中誰那麼說了。

「因為他的國家位於赤道，所以他們生性本來就比較樂天。」我想起還在學校的那幾年，我質疑他倆未來規劃時，學妹對我的反駁。「反正你不懂啦。」我確實未曾履踐那位於熱帶的泱泱南國。在我想像裡，大概黎紫書《告別的年代》小說女主角杜麗安所在的、燠熱而雜沓的華人小鎮錫埠。

幾乎就像學妹故事的翻版，黃錦樹的《雨》裡有了一篇作品〈後死〉，故事裡的女敘事者陪著姊妹淘L，遠赴馬來西亞，為了找到那個始亂終棄、一畢業就悄悄返馬而音訊杳然的僑生M。只是小說裡的敘事者「妳」有著更理智的預視，「妳很難想像嬌生慣養的L，怎麼可能隨她心愛的M回返鬱熱的窮鄉過苦日子——她怎麼受得了餐餐吃鹹魚？」

而這篇小說收束也非常魔幻——這對姊妹淘在天涯海角的島上看到了M和他的女兒，小女孩宛如L翻版。一如安柏托．艾可寫那座位於換日線上島嶼的小說《昨日之島》，「妳」開始疑竇他倆會不會早就墜機失事了，走進時間的烏比魯斯環背面，像那塞入玻璃酒瓶裡的桅木大帆船……

學妹說她真的累了，氣力放盡，青春正盛粗礪沙金的時光她陪著僑生男孩，騎著機車在城市逡巡。整整九年光景虛擲了，「我不可能再陪著下一個男人，從他騎車陪到開車，從一無所有重新開始了。」

「我已經不是可以日曬雨淋的二十八歲了。」學妹說出那晚聚餐的劃線警句。但我真心搞不懂，難道二十八歲此後皮質層會起什麼化學反應，再不能接觸陽光雨露？接著我輾轉得知，學妹終究與僑生男友分手了，更後來我聽說學妹嫁得很好，嫁到了北歐那一類的夢幻國度，典範轉移似的跳過餐餐鹹魚之貧賤夫妻SOP。該不會她最後考量的是極圈國家無日照的永夜吧？

永遠不會再重來，那對日曬雨淋下的南國戀人啊。

蒂芬妮之盒

雖然比起原著，電影更加風靡，然而我在囫圇濫讀努力汲取文藝教養的時期，先讀過了卡波堤原著小說《第凡內早餐》，其後才看奧黛莉．赫本主演的電影版。一個小鎮的姑娘到了大城市，你一定聽過這故事。嫣紅奼紫、紙醉金迷，在那燦爛如極光的年代典型又具現化的美國夢，貪嗔而墮落，癡迷又張狂。

我依稀還記得小說其中的幾段，敘事者和名叫荷莉的女孩一夜貪歡，晨醒後顒望斜射的陽光在她裸身圈出一道神啟般的聖光。還有荷莉如宣言般的志向，「有朝一日我仍然擁有真實的自我，在第凡內吃著早餐」。

但第凡內又不是麥當勞或美而美，到底珠寶店裡何來供應超值早餐，這對讀者而言一直是個謎中謎。所以到了電影的詮釋裡，成了赫本咬著漢堡，勾眼巴巴望著第凡內店內奢華精品的拜金主義美學。

然而文學作品裡，關於女孩耽溺於城市終焉走向背棄夢想的題材，實在太多太典型了，即便而今第凡內被轉譯成了蒂芬妮（Tiffany & Co.），但它那柔面白緞帶和淺知更鳥蛋的黛藍色，依舊經典如昔，未艾不歇。據說這個顏色板標號太獨特，還因此正式被蒂芬妮註冊為其專利，名之曰「蒂芬妮藍」。因此當學妹和我們宣稱，她被求婚之一瞬，絕對要有蒂芬妮鑽戒來證明此段即將步入墳墓的愛情，足以恆存悠遠、長治久安，好像也還說得過去。

「結果，你們能想像嗎？他竟然買了別牌的假鑽戒裝進蒂芬妮盒子裡。」也是在學妹對男友的怒罵裡，我才理解百貨公司除一樓高級專櫃外，也不乏廉價水鑽或玻璃飾品櫃進駐，因應低薪低收入與低經濟成長，鑽戒成了戀人大多能妥協的非必需品。但這一整輪愛情產業鏈配套下來，光想就讓人疲憊而乏力。一如高房價底下泡沫破滅的愛、家庭和夢想。經濟壓力沉重的青年們依舊有一幅關於蒂芬妮、海外婚紗、教堂婚禮、名車迎娶之想像，就像銀鹽液裡泡得太久軟爛了的那張夢想底片。更就如同男友為了學妹，悄悄翼翼網拍來的蒂芬妮空盒。

這到底何苦來哉？

「我自己上淘寶看過了，那只戒指盒還不到五塊人民幣。」學妹依舊碎碎絮絮，抱怨這段全然荒腔走板的求婚設定。但我揣度她終究會委屈下嫁，只要男友發個狠拿半個月薪金或房貸頭期，弄個五十分的真鑽石也不難，就像彭羚〈小玩意〉唱的：「你用濃情蜜意／來作迷人玩意／環在沒名分手指」。只是大城市裡進階版奧黛莉．赫本，比起原版似乎更草率更簡潔了。連早餐都省了，就任憑一只上了不藍不綠色的硬紙盒，就足以地久天長。

然後我終於懂了小說裡，荷莉夢想的反身性，若擁有財富與珠寶的前提是和現實妥協，背叛那個純真年代裡一切的夢想和勇氣，那麼這太兩難了。正因如此艱難抉擇，所以她兩個都想要。就像那枚廉價卻依舊熠熠發亮的玻璃偽鑽戒，和那暗裡有如螢光般，煢煢閃爍著「Tiffany」字母的空紙盒。

更裡面的那些——諸如承諾、幸福或愛情——到底是不是真的，似乎就沒那麼重要了。

廣島之戀

我和學妹搭乘著橫貫廣島市區、僅消百圓日幣廉價的路面電車，隨著車身顛簸，緩慢而恍惚之夢般終於來到有「原爆圓頂」之稱的紀念館。但這其實不在我們當初旅次勾擘中。

我與廣島這地名的聯結來自張洪量、莫文蔚那首九〇年代K歌必點的金曲龍虎榜〈廣島之戀〉，「你早就該拒絕我／不該放任我的追求」，歌詞細節與廣島絲毫無涉，行年長大我回顧檢索文獻，這才知道此曲之造詣經營，是和法國導演阿倫・雷奈的電影《廣島之戀》（*Hiroshima Mon Amour*）致敬。電影講戰後十四年，法國女孩在廣島邂逅了日本男人，兩人雖各已婚娶，仍越界墮入貪歡恨短畸戀，廢耕忘織一晝夜。顯然，那些年的廣島成了日本戰後想像的符號，一朝電光石火，整座繁盛文明就此灰飛煙滅的殘局，簡直難以想像。

站牌隔著馬路即是圓頂，照簡介的敘述，這裡原址是廣島縣產業獎勵館，其古典主義的建築風格加上其上蒼綠色圓頂造型，深受當時居民愛好。而就在原爆當天早晨，全世界投射的第一枚原子彈在圓頂南方十五公尺、上空六百公尺處引爆。爆炸時風壓與高溫不消千分之一秒就如漣漪擴散開來，將周遭夷為平地，唯獨圓頂因位於中央，僅部分鋼筋壁面融毀。

紀念館裡那些遺物——燒毀的衣褲，變形的三輪車，時間凍結停留在原爆時間八點十五分的懷錶……成了原初殘餘，折戟沉沙鐵未銷，它們被詳細標記了與原爆點之間的距離，即便相隔數千公尺之遙，磚瓦建材仍以不思議的角度與力矩扭曲著。

我們如今時常以廣島的原子彈作為量詞，描述某次地震所釋放之板塊能量云云，但真實之煉獄光景究竟如何？高溫，風壓，輻射能，各種傷害身體器官表皮之能量，完全難以被量化。就像駱以軍《西夏旅館》裡劃線的警句——「如果有地獄，那就是在此處」。

何其不幸作為世界唯一經歷核爆的國家，日本藝術家各種創作都嫁接著這樣的核爆經驗。德賽（David Desser）在其〈消費亞洲：華語及日本文化與美國想像〉論文中指出：日本動漫裡那些複製人、生化人、人與獸或人與機械的混種，機戰，以及大規模毀滅廢墟殘骸之末世場景，都與他們的核爆經驗密切相關。

關於此場景我聯想到的即是《風之谷》或《攻殼機動隊》這等經典動畫，《風》的娜烏西卡頭戴防毒面具，在荒涼崩隳，滿是異常變種爬蟲的原野上駕駛著飛行器，與敵軍在空中駁火，雷射激光硝煙散射，拔城毀國，死絕滅盡。一旦人類的身體心靈所能承受之創痛大到某種程度，鋪天蓋地，無法忘懷又無以寬容的時候，到底該如何是好？

學妹向我闡述三一一後，日本開始將焦點從過度關注的廣島轉向長崎，於是乎有了所謂「憤怒的廣島，原諒的長崎」之區異。歷史太多悲劇、屠殺與暴行，當傷痕關乎一國一族，而反覆被展示時又結痂成了新的創傷與暴虐，最後一絲溫柔與救贖之可能也無。

於是我思考著，所謂的和平紀念館本身會不會仍為了控訴本身而存在。說寬恕或諒解，有時難免太形而上。無以忘卻倒不如緊緊咬榫著，顎齒酸疼也不鬆口。或許有些時候，人只能為了憎恨而活著。

怪物法則

我和學妹在日本旅行時，目擊到了那種日劇裡才有的景象。穿著套裝窄裙、剪裁俐落的會社女職員，一個人獨自走進町目盡頭的畸零地小公園，攤開便當包巾，她黯淡色系套裝和背頸的線條宛如融化在荒涼的街景之中，像柏油路煙塵混進了雪泥塵埃。

「她一定被排擠了。」學妹篤定的聲線宛如直截穿透宇宙的輻射。不一定吧，我揣度，那是日劇或小說所建構的想像給制約了。或許她不過是厭膩了辦公室的乾涸氣氛，在太陽出來後的午後時間，坐著公園獨沾一晌的陽春煙景。

不過確實也有被排擠的機率。但就像日本中小學午餐時間，執拗的非得固定六人一組座位轉向靠攏那樣的制度，相較臺灣，日本重視集體的規範與秩序，不特立獨行、不給人添麻煩，巨大齒輪運轉時，盡職地輸出最高效能之一枚螺絲鉚釘……

所以在山田宗樹新書《怪物》裡，一群多了某種臟器，已然進化成為新人類的少年們，被周遭同儕師長當成了怪物。在政府、議會、國家暴力百般打壓，只得另闢生路，如同第一批演化成類人猿的人類始祖，走出非洲開拓新世界。

關於人類終將進化，並展開新舊人類的對決，這其實不算什麼新哏，在貴志祐介《來自新世界》或伊藤計畫《種族滅絕》等小說中，都把這樣的人類進化論設定發揚光大。但我覺得這些小說機巧之處不在於對未來的想像，或硬科幻的介入，他們都試圖探討——若一個分明已不屬於同次元與身世的個體，面對這種規律、重團隊，不容個體異樣的文化，該如何自處？

此外，日本小說太多寫校園或職場霸凌之情節。較趨近輕小說的《國王遊戲》、《懲罰遊戲》；或大部頭細膩縝密、平成國民作家宮部美幸的《所羅門的偽證》，這幾年臺灣最暢銷作家東野圭吾的《湖邊凶殺案》，在在處理這樣的課題。我覺得與其說日本小說家善寫霸凌的法則，倒不如說他們人與人之間、那無瑕剔透、不摻混一點雜質，純粹無緣由的惡意，有著更細膩鐫刻。如果複雜之人際糾葛得仰賴物競天擇，那麼惡意當然也能就用進廢退。

被譽為日本寫實女王的桐野夏生代表作《異常》，寫菁英女會社員淪為站壁流鶯，最後慘遭殺害的新聞事件。小說裡兩個女主角「我」與「和惠」以「外部生」身分進入黏膩變態的Q學園，和惠積極想融入班級團體，想參加啦啦隊，但未料啦啦隊選拔並非循正式管道，而是社團前輩暗中窺探申請者的身材姿色，逕予核可或剔除。和惠早就在這關被殘忍刷掉，但「我」滿懷惡意，鼓勵她在班會時提出異議。

果不然，和惠因這個提案而成了更可悲的笑柄，背負著賤斥與羞恥的青春時光，從此她的世界觀終而異常，認為女人的價值惟有透過性交才得以呈顯。這一切太異常了。異常到幾乎與正常僅只一線之隔。

好變態喔。幾小時前才因吃到炸蝦天婦羅，勁搞搞嚷喊說日本最高，要終生當日本粉且矢志以嫁給日本人為宏願的學妹，一秒就改觀了。不過也好啦，要我們這種趨附習性，要是降生彼島，早就被霸凌到飛起來了吧。

山寺

我初次見證漫天飛雪是在京都府與滋賀縣界的比叡山。那時節候已回暖，我與學妹散漫擘畫的廉價旅次，本以為賞雪無望，還傻怔怔以網路以氣象廳預報來科學尋雪。

至比叡山腳時氣溫八度，纜車站車長制服外套筆挺從暖房出來，掛上山頂氣溫兩度且降雪的木牌，我與學妹幾難置信。出纜車親見緩降粉雪這才體悟，蝸居亞熱帶我等依憑著理化課草率的水之三態等公式，用以雨雪冰霰之形成依舊顯得太困難了。

說起比叡山的延曆寺，凡日本戰國迷必瞭然，當年織田信長被比叡山僧兵視為「佛敵」，一怒號令要火燒比叡山，此後有了第六天魔王之封號。從後視昔，這人擋殺人佛擋殺佛的業力顯然引爆招致信長的惡果。至於朱天心《三十三年夢》同樣寫延曆寺，冬日參道因積雪太深而迷茫無別，到了根本中堂參拜，依「土足禁止」的告示脫了鞋，那和式簷廊之冰寒沁入濕襪腳底猶如刀割。

有了前次盲目找雪的惡經驗，學妹提議此次旅行直接挺進冬季積雪不融的東北地方，只是當JR列車才剛出隧道進入山形縣境，那何止如川端描述之雪國場景，不思議的漫天暴雪猶如颶風般瘋魔席捲而來，隨著列車的高速前進，雪落有聲發出巨大的沙沙聲響，車廂周遭都是因與風雪摩擦而瀰漫開來的氤氳白霧。魔幻場景宛若神諭，簡直就是志怪小說所謂的「入幻」——像《神隱少女》千尋一家過了隧道進而離開現實世界那樣的設定，我們脫節了日常現實的軌道，不知何時走到莫比烏斯環的背後那一面。

直到山寺站的幾分鐘前，我都質疑著學妹非得在此站下車朝拜的行程，像線上地圖那枚卡榫咬死的鮮紅大頭針。但列車才停妥，每列車廂魚貫走出全副裝備的登山者，踏上毫無足跡人煙的沉厚積雪。我們就像故事裡千尋一般，被那末班列車永遠遺留在蒼白濛曖雪域的旅客。

此一瞬我想起許多文本，想起謝旺霖名著《轉山》或井上靖《冰壁》那一類冷硬孤絕的惡漢形象。東野圭吾有部向本格詭計推理致敬的小說《大雪封閉的山莊》，一群舞臺劇男女演員在春和景明的時節，到了幽僻山莊，未料導演規定他等幻設此境與外界音訊斷絕，進而開展出真偽難辨的連續殺人事件。

最後我想起的是詩人林達陽《虛構的海》的〈山寺〉這首詩：「本來無聲的寺，有蝶穿堂飛入／風繞古碑與穿堂的迴廊」，即便嚴冬爆雪再無款款飛蝶，但瓷白雪國與肅穆山寺本身就成了絕對的崇高。沿途所見的鳥居、參道、苔庭與園林全都被大雪所覆蓋，而沿途人家屋簷鋒利若錐的冰柱，庭園裡宛若繪本聖誕樹的霜冰，那可能是另一種禪宗式的枯槁山水。就在荒涼、蕭瑟、寂滅的一瞬，朝聖者得以體貼到一種極致的空無。

攀爬將至終點，我們才發現登山客泰半來自故鄉，在世界末日般的冷酷異境竟能以中文問道尋路，或許也是種小確幸。學妹說他們約莫與她看了同一個部落格網頁，那網美部落客輕盈踏在雪地上，風姿綽約身形窈窕地拍下秀秀美圖。但我回望大雪紛紛何所似的今日山寺，彷彿尚能遙想那些美圖背後的無盡苦寒酸淚。

熱戀溫泉

「昨天學長傳訊給我，問我要不要一起去泡溫泉耶。超噁的。」學妹悄悄聲和大夥爆出這樁八卦，以分明嫌惡卻又稍微甜軟矜持之語隙裡，摻混進一絲炫逞的聲情。

即便她敘述的「學長」幾經轉喻，或以索緒爾《普通語言學教程》的能指與所指那河流定錨，都應當和我無關，但我仍有些羞愧。自己青春正盛那些年各種通訊軟體皆無，花樣少年情慾流動亦未若如今澆薄，但我也很有可能如此這般，向誰提出過這種邀約，那麼濛曖晦澀，如此旖旎多情。

終於誰說出了「拜託，哪有可能純泡溫泉」的評論，我這才思索起在這四季常夏的島國，溫泉到底何時開始風行的呢？記憶的截斷面尚無礁溪烏來谷關等等溫泉聖地，約莫遲至近十幾年，「泡湯」風氣才若壓力鍋迭掀開來，就算日語未脫盲如我，入住溫泉旅館時也能隨口向仲居問上一句「お風呂」了。

若考索語料掌故，日文的「泡湯」一詞並不等同溫泉，在傳統文獻裡的「湯」也不同於今義是一種料理，原本就是指熱水。在《孟子》裡就有一段，孟子的學生公都子被別派生徒詰問起「仁內義外」如何可能又如何落實，他回應說就像我們的身體，隨著季節冷暖異變而有了不同飲嗜：「冬日則飲湯，夏日則飲水，然則飲食亦在外也？」

我一直覺得孟子及其弟子的性善論非常近乎於宗教家，他們試圖把某種抽象而純粹，非常形而上的仁愛或義理，比喻成了生而為人的本性與初衷。就像天冷想喝熱水那麼理所應然。這麼說起來，後來的理學家誇談什麼存天理養正氣，似乎就太矯揉了。寒天凍地的，飲熱水或泡暖湯也不過就是人心之常情、生理之大欲，一如學妹被提出的溫泉邀約。

散文家徐國能在《綠櫻桃》其中一篇題目就是〈湯〉，說湯本指滾水，不一定喝，泡澡才是其本意。所以杜甫喪亂離散時期，飢寒交迫，幸賴故人招待泡湯，寫下了「暖湯濯我足」如此揪感心的詩句。印象中某年凜冷冬夜，我留宿京都北部一個名曰宮津的鄉城，那日稍早我鞋襪已遭融雪濡濕，稍後踏入結凍般的日式簷廊簡直冷如刀割。就此際才發現旅館無料提供足湯，當暖泉將麻木的雙腳裹覆，猶如瓣膜讓血液汩汩流動的溫暖充盈全身，這才體會杜甫這句詩的大確幸。

而吉田修一在《初戀溫泉》的最末篇，寫了一對高中小情侶整個暑假打工，只為入住九州的黑川溫泉一泊二食。為了這趟體驗愛的成人式之溫旅紀行，他倆先以跟同性朋友出遊瞞過爸媽、再喬裝大學生唬爛旅館仲居，只因溫旅就是如此異色、狎邪卻又純情暖暖的場所。

溫泉是溫泉，初戀是初戀，但當我們緬懷某段時空，記憶有如葉片截斷時滲進細胞壁的毛細作用。吉田修一善寫他慧眼獨具的青春殘酷物語，孩提轉瞬成了大人，易脆而再也不會重來的童稚與無邪，就像小飛俠彼得潘和他們那座永無島（Neverland），從來不曾真正實現的所在。

這麼說來，學長的溫泉邀約固然聽起來淫穢狡獪，別有居心，但就在熱融融的蒸氣氤氳之中，似乎還透著一層暖男的純情。這麼想來，若學妹回過頭口嫌體誠地答應了，寫部他倆自己的熱戀溫泉倒也不壞。

輯二

點給對幸福仍盼望的你

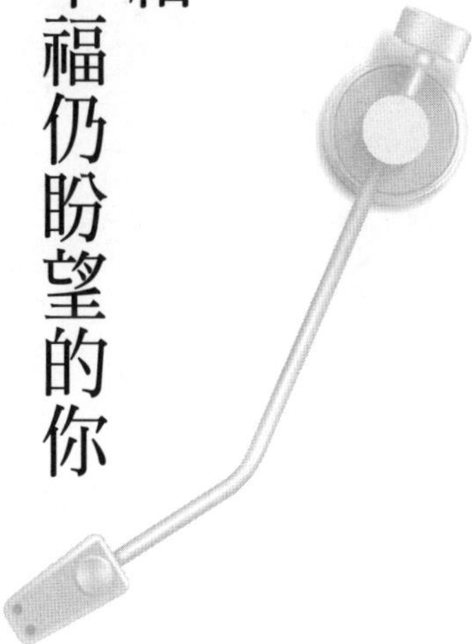

幸福的模樣，不在其中才看得出來

一定要幸福喔

我一直猶豫要如何陳述這事。約莫一代有一代之時尚，這幾年我同學親友皆列適婚年齡，參加喜宴場次多了，對這隨潮流代興之婚宴活動也多少掌握。過去那種阻路橫衢，向里長申請封街，請來總鋪師擺上卡拉ＯＫ流水席的老派婚宴之必要，近年的婚宴流程相比之下確實時尚整潔了些，但一整個配套活動流程之多餘與拖沓，卻又是另一款地獄。

拿上次學妹的婚禮來說吧。首先，喜帖上明載了六點整準時開席，但我枯坐到六點半了賓客仍遲來姍姍，終於拖到七點一刻多，新娘休息室玻璃門仍氣密嚴縫，我也不是不能想像休息室裡的梳妝大戰爭，新秘以那種宛若沙上造字的細膩手筆，拿著電捲和刷具，篆雕畫龍似的造詣經營。只是聽著鄰桌孩童耐不住無聊如潰堤般號哭，我也煩躁了起來。姑且忍了吧，學妹披上雪紡白紗當公主之機會何其難得，就像人們說的結婚一生一次，但我三餐都有得吃。

終於，會館水晶燈一瞬盡滅，沉重鋼門緩緩開啟，新人筆挺踏上紅毯，賓客簇擁搶拍照拉彩帶撒花瓣。這畫面讓我想起張曉風的《地毯的那一端》，彭佳慧也有哀感情歌〈走在紅毯那一天〉，文本間或許隱含互文。接著一輪主婚人貴賓致詞，就在我準備夾起首道冷盤一饗朵頤之際，主持人拔尖聲線嚇阻了我舉箸右手。差點忘了還有敬酒了，還不用等司儀鬧嚷嚷指揮，就知道一定又是那句、不知何時不知何人發明的萬年舊腔濫調要登場了。

「一定要幸福喔。」但真的會幸福嗎？在開席一個半小時還沒吃到第一道菜的婚宴典禮現場。

凡參加過婚宴我輩都知道，這不過是大秀的第一章。還不消幾道菜，燈光再度明滅黯淡，新娘再次換裝進場，進場再進場，端看換禮服改妝髮之速率。此間還不迭要穿插些舞臺表演，抽捧花抽捧菜不過基本款，主辦方恐怕擔心幾大群親友生張熟魏尷尬，什麼猜歌名玩賓果小點名接力唱的都能玩，只差沒有大地遊戲讓我們輪桌跑關，感謝關主……就像某遊樂園的廣告詞——不怕你不玩，怕你玩不完了。

說起來光是婚宴本身之繁瑣流程，就足以讓小說家借題發揮。辻村深月《今日諸事大吉》從婚禮企劃的視角，寫三對即將步入禮堂的新人，以及三段各懷鬼胎，心機算盡的宿命輪迴與轇轕；東野圭吾《我殺了他》同樣以婚宴為場景，小說家與女詩人的婚宴前夕，新郎遭毒殺身亡，漫天大恨隨著情節推演，橫插歪長出一段關於執愛、解謎與氰酸鉀的故事。只是小說末尾隱去了凶手謎底，那充滿懸疑不安的詭譎感，一如婚禮之本身。

已不知道第幾次了，我擱下桌前盤飧，慌張投入活動，「周公吐哺」這成語差不多如此這般。終於，服務生送來水果甜湯，甬道盡頭光芒裡隱隱透著學妹身著不確切今晚第幾套禮服準備送客。時間已過十點，故舊仍談興未歇，明日隔山嶽，我想如此拖拉讓大夥多聚聚，恐怕也是現代婚宴的功能之一。據說堪薩斯州有傳說，若結婚當天下雨越大，這段婚姻此後就會越幸福，因為老天替新娘流盡了此生的眼淚。

我想在我島終有一天也能創出如此神話，類似婚宴推遲時間越久，新人就越幸福之類的。

豪宅

自外地遷徙來的學妹，央請我推薦她租屋處，雖然這提案隱隱約約有著淪為工具人的暗示，但我自詡讀過韋伯《新教倫理與資本主義精神》的工具理性，再加上「學長不是當假的」分明是父權投射下歪斜建構的騎士風範，愚頭呆腦絲毫不加考慮就給答應了下來。

接著看房看了一整天，無數間山窮水盡惡地形的出租宅，有的是周遭環境紊亂、有的則逃生動線堪憂。我終於不耐煩起來，再一問清楚學妹開出的超高行情預算，索性推薦她一高級社區，雖然還不至於到什麼皇居帝寶，朕即天下那種，但門庭井然、出入得仰賴感應磁扣，還有二十四小時警衛，學妹對此智慧宅再不思索現付了訂押金。

我平時任教的大一國文，有一課杜甫的〈茅屋為秋風所破歌〉，杜甫身歷安史之亂，遷至成都浣花草堂，這首詩就在寫他的草堂被強勁秋風吹破，茅草吹飛、屋漏雨驟不得安眠的窘境。但似乎還不必於上課舉例講到「居住正義」這麼文謅謅的術語，學妹住進這一幢森嚴的高級社區後，就是真實案例。

居住之不正義就落實在當學妹想使用頂樓公設曬衣物時，鄰居以提防又嫌惡的語氣盤問著「妳最近搬來的嗎？住在幾樓幾號？」此外門房警衛不定時敲門，說周遭住戶水準皆卓爾優質，要求出租房客務必降低音量、避免從遊複雜人等出入以干擾社區安寧。

討論到居住家宅背後的公平正義，社會學或空間理論裡自有一堆參考書，但就我所知的文學作品，最透膚入髓大概是日本推理女王湊佳苗的《夜行觀覽車》，一座新落成、鳥瞰橫濱灣景的高聳社區「雲雀之丘」，隨著一戶所得普通的家族遷入，徹底隳壞了。大和民族本來就注重人際與團隊和諧，那嫌惡排外的社區媽媽，組織強大團結到變態程度的町內會，那可是真是入乎其內才能貼體的惡意與殘忍。

東野圭吾在《怪笑小說》裡有一篇〈屍台社區〉諷刺得更譏誚露骨，某奢華高水準高房價之社區，竟發現屍體一具。管委會驚心動魄鬧嚷嚷了好一會兒，竟然沒考慮到報警，而先想到可能隨之而來凶宅標籤與房價泡沫化，於是主委帶著幹部們開著車，星夜兼程運屍棄置到了隔壁高級社區。這何止是以鄰為壑？別人恐懼我貪婪，別人的賠售就是我的獲利。未料隔天晚上同一具屍體又出現在社區門口，這下好了，兩個高級社區的高級住民，展開一場運屍大戰。關於豪宅的愛憎、貪癡與哀愁，寫到這樣的程度，也可謂堂廡特大了。

我想起杜甫最後說若得廣廈千萬間，「吾廬獨破受凍死亦足」，這願望太宏大，太悲天憫人了。只是如今我們的豪宅為了確保所謂的住戶品質和高房價，明確或隱晦地拒絕與寒士沾邊的各種族群入住。那是人生勝利組窮得只剩下豪宅的最後矜貴，「你們沒資格在這裡」之社會學課沒教的區異、賤斥的惡之華。

「就不要有一天我論文寫不出來，直接在中庭跳樓。」學妹開玩笑說。可料見的豪宅淪為凶宅，死有重於泰山，竟還能牽拖百來戶投資客，我不禁想到摩訶薩菩薩說的「地獄不空，誓不成佛」，來到如今我島，大概就是不同世代階級的一拖拉庫人，揪著彼此共赴地獄的光景吧。

美而小事

學妹論文寫到美國六〇年代極簡主義，傳訊來和我討論。然這分明非我專長怎麼會來盧我？學妹理由是「你不也是寫作者嗎？」秉持工具人使命，我遍索狂蒐各圖書館藏，向她推薦了卡佛最近才在臺出版、論寫作的隨筆集《叫我自己親愛的》。

說起卡佛的極簡主義，實則和其編輯里許（Gordon Riche）大有關聯。最著名就是《當我們討論愛情》的原版《新手》，據說被編輯痛改了百分之八十，簡直有如編輯親手捉刀。關於編輯的微觀調控，作家形象之塑造，朱亞君、梁文道都曾經相關論述。但真正讓我疑惑在於深受讀者熱愛的短篇〈一件很美很小的事〉，以及編輯大改後的版本〈洗澡〉。

這故事說來線索俐落，故事開始於美國小鎮家庭日常，母親幫八歲男孩訂了個生日蛋糕，蛋糕彩繪以太空船和宇宙星圖，船身還鐫寫了男孩名字「史考蒂」，向麵包店敲好週一上午來取，趕得及下午的生日派對。未料史考蒂早晨出門遇車禍劫，隨即昏迷不醒。這對爸媽於是徹底將生日蛋糕一事拋諸腦後……這故事梗概無常又致鬱，恐怕誰都有如此經驗：挑好戒指要告白，女孩說我有男朋友了；週末訂好餐廳，對方傳 Line 說不來了。此時專櫃竟不斷來訊催領，餐廳執拗來電怪責。

卡佛原版小說收尾是——史考蒂於醫院昏迷三天後猝逝，麵包師屢屢撥來的取貨電話成了騷擾。兩夫婦滿腔憤懣，深夜衝去麵包店準備跟對方輸贏，暖男麵包師知道事件始末，端出熱騰騰的肉桂麵包，暖心又暖胃，讓他倆無料放題吃到飽。接著卡佛替這樁充滿無端無常之悲劇下了註腳——「在這種時候，吃是一件很小，很美的事」。

本篇原題是「A Small Good Thing」，討食索吃即便事小卻又無比重要，自然是好事，只是翻譯成美而小，總覺得有些向連鎖早餐店致敬。若再比對文獻，經編輯大修後出版的小說題目改為〈洗澡〉，由於夫妻整日苦候史考蒂清醒，終不遂人意，父親抽空返家盥洗，卻接到騷擾電話。隔日換母親輪替回家，經護理站還出一段插曲，另一家母親看到她誤以為是醫護人員，纏著她問是不是有自家兒子的消息。

接著母親返家，小說結束在一通未知來電，母親重蹈覆轍焦急問著對方「是不是有史考蒂的消息」，對方回「對，當然有史考蒂的消息」。編輯改過這版本看似戛然而止，但史考蒂尚未往生，撥來的電話也未必是麵包店，可能是陰錯陽差，卻也可能宛若天啟。

我在駱以軍臉書讀過這小說的斷面，臉友留言都為原版小說溫情脈脈、療癒款款的設定動容。只是反身來說，卡佛原版的故事太明確了，敘事聲線實在稱不上極簡。於是乎編輯版的故事大割大引，收束在一個充滿懸念無意義無救贖的斷面。史考蒂到底怎麼了？那個沒人領取的太空船蛋糕又怎麼了？一切都不可解，如此沉重又如此簡潔，猶如無常而感傷之宿命。

這麼說來，卡佛的簡約被編輯塑造出來，終而成了他原本不是的樣子。我想所謂的寫作者可能多少都經歷被建構的過程。於是我突然想反駁學妹、用村上春樹那個譬喻，半夜翻冰箱找小而美確幸當宵夜的寫作者如我，充其量只能寫出這種的文章了。

天蠍座

江湖傳言，一段段雲雨消磨，見異思遷的情感輪迴裡，造就出一些戀愛收集癖者，像解鎖遊戲成就那樣和不同向量質性的對象交往，有收集血型星座者，也有更猖狂收集生肖或天干地支者。

我雖然羨慕但實無條件能習此壞癖，卻也曾迷戀過一陣子天蠍座女孩，只是如今我已再難回想，當時何以對所謂的天蠍座如此著迷。盤根歸結，有可能是歌手楊乃文在〈證據〉裡的兩句唱詞：「我雙魚／為什麼天蠍要恨我」，明明同屬水象，卻又在黃道宮星盤大圖上鑲嵌進對極的屬性。那愛憎分明，陷入感情迷障一瞬間閃燃起來的熊熊篝火，愛得深愛得狠愛到祝對方永遠健康快樂那樣的星座屬性，本身就令人著迷。

只是其後我回望這份執迷，更有可能是駱以軍那篇著名的代表作〈降生十二星座〉所連動引發。這篇小說主角楊延輝是個延畢生，他每晚聊賴來到酒吧，投下五圓鎳幣，打那臺總是擊潰越南軍官破卡、替春麗為父報讎雪恥的快打旋風電動遊戲。直到有天主角忽然驚覺，春麗不就是天蠍座的嗎？

「復仇的春麗，別無選擇，只好降生此宮：童稚、哀愁、美豔、殘忍完美諧調地結合，天蠍座。從眼神我就知道。」

那宛若背負了一整個世代文明之愛恨，還有星座書裡動輒誇言的愛惡癡嗔如堤壩潰決，天蠍座，復仇女神，實在很讓人著迷。

直到我後來還真的認識了幾個天蠍座學妹，跟她們發展出難斷捨離的轇轕，這才驚覺星座不愧是高明的統計學或問卷量化歸納法；某種絕地天通的、讓星座專家拿著手板指畫著哪顆星體的逆行或順行的天行健。

但我終究還是逞強炫學地，把我珍藏的《降生十二星座》借給學妹讀，我還記得她完讀後就這麼坐在木質和式地板上，雙手捧著珍珠白封底的小說，就這麼望著我好長一段時間，誰也沒有說話。即便事隔經年，我彷彿還記得學妹有如犖犖星空般的迷酚大眼，還有她眉睫眨動時漫溢的閃閃淚光。那些善感如詩，敏銳如水的記憶，讀完一部作品如天啟如至福心靈的體貼，就像冬雨過後反潮的濕氣，纏纏絲絲滲進地板的木紋縫隙裡。

後來我倆經常引用書中的情節、警句，那個將男孩主角帶去游池深處，像一座珊瑚礁島表演自殺給他看的小女孩，那個故事盡頭終於具象化轉瞬成真，站在城市街衢為主角戰鬥的大春麗。每個人都在戰鬥，都在為自己復仇雪恥。「時間在延長著，這不是最後一關了嗎？」

更後來，學妹傳了張照片，那是某年出版的小說選，收錄了駱以軍這篇名作，只是題目被誤植成了〈降生十二生肖〉，無論原著再怎麼魔幻寫實，都只能歸進鄉土文學了，學妹說。

不過我覺得若從那種混沌定律或大數法則來看，生肖一如星座，不過是降生時隨機的宇宙萬物論之牽引，那麼小說裡的人物，春麗、越南軍官或鄭憶英當然也可以也應該有生肖，有他們在農民曆的吉凶忌諱。雖是這麼說啦，但若真的填出以下的改寫，難免還是怪怪的。

「童稚，哀愁，殘忍，完美協調地結合。屬豬的春麗，別無選擇，我從眼神就知道。」

開向荒野

在男孩女孩的兩性交誼層面，彼此算計攻防進退，微觀節度或索纏蜜甜的曖昧時光裡，最被大多數男性拿來當成追求示好指標的，就在於交通之接送。無怪乎鄉民創造出「駄獸」或「工具人」等酸訕形容。不論學生式二輪或上班族四輪，以至於國產車對決進口車，朝霜暮雪或日曬雨淋的淒苦時節，有專車開到眼前，那真是與眾不同的超確幸。

猶記當年某個公主病傲嬌的學妹，軟語相磨誓不休也要我在狹仄窄於三米的巷弄，將車先行迴轉掉頭，開到她租處的正門口。當時我就在想，若學妹租到十樓以上又遭逢她懶得按電梯的光景，我可能得向消防局借雲梯車才有辦法接到學妹了。

因此，多年後學妹傳訊，說她考慮自己購車，問起同級車的馬力、耗油量，甚至氣連式氣囊的防撞測試，拳拳到位，盡致淋漓，只是闊別經年也不好問此間的前後因果。我知道某些仇女鄉民喜歡以「三寶」嘲弄女司機，事實上自身掌握交通與駕駛之能力，無疑等於重新掌握人生與時間的自主權。

關於女性自駕與自主權的深刻辯證，我最推薦的書莫過於桐野夏生的《走向荒野》。書中主婦朋美整日受丈夫和大學高中兩個兒子冷漠以待，家居時光再無其他同性可傾訴之孤獨雄獸巢穴，她各種精心造詣的服飾妝髮都得不到肯定。只因朋美熱衷駕駛，從此有了「媽牌計程車」封號。於是乎就在四十六歲生日宴當晚，她盛怒離席獨自開車上了首都高，接東名、名神、山陽自動車道，一路開往當年第二原爆點的長崎。

即便不是《險路勿近》那種美國西部荒原之公路電影，但一千四百公里而每晚夜宿休息站的冒險，同樣充滿突兀又動感的設定。日劇版本由鈴木京香飾演悲摧主婦之日常，相較之下小說更給出了療癒溫柔的收束。

桐野夏生被日本文壇譽為黑暗寫實女王，據說她本是言情小說寫手，真正出道聲名大暴是《Out》一書，此書當年上市時，臺灣出版社或恐定位不明，加了個副標「主婦殺人事件」，情節推衍亦極崩毀極獵奇，一條便當生產線上的四個二度就職主婦姊妹淘，其中一主婦失手錯殺家暴夫，拜託另一主婦處理，後竟演變成了四個主婦們泰勒化分工分屍。一回生二回熟，這條生產線成了專門幫黑幫不良分子處理屍體的專業團隊。

要知道，日本女性婚後多半即刻離職、相夫教子，若非家庭核心崩毀陷入經濟困頓，不至於得二度就業。那麼顧名思義，「Out」指的就是這些主婦在父權社會早已被判出局，再無轉圜可能之窘境。

學妹顯然從網路上作足功課，光是幾種拖曳臂、扭力梁以至於麥花臣的懸吊系統，歐系車和日系車的路感差異，就讓我無話回應。說起來不過是房車而已，在我島這緩慢壅塞路況裡趑趄而行，沒有要開往那種美國大西部般的荒煙蔓草，身逐飛蓬，其實管不到什麼懸吊系統吧。

但我想這就是冒險，就是史詩。再不要大寫的歷史（History），或男性人稱寫下故事的歷史，女孩坐上駕駛座，調整座位和後視鏡，切換入檔，人車一體，準備開拓屬於自己的大航海時代。只是起步前，先確定一下沒有踩在油門上就行了。

餐桌

學妹臉書轉了篇黃麗群的散文，提到黃媽媽神乎其技之廚藝，和那上一代長輩聚餐時同坐餐桌應酬的場景。我總覺得上個世紀那種邀同事故舊鬧嚷嚷回家圍爐作客，懇請太座料理一整桌菜團桌群簇、熱菜甜湯，彼此舉杯互敬的場景，已經離我們很遙遠了。

我們這一代連去同儕家裡參觀的機會都少，多半優食熊貓外食充數，一輪小酌熱炒，交情再妥穩些的去續攤通宵夜唱，也就如此這般了。或許因高房價之下，我等大多數無家可言，遑論作客？

轉文的學妹底下留言、嚷嚷輪她招待作東。我看過學妹在臉書分享的烹飪照，精緻的日式的木紋餐盤砌擺法，冷盤，沙拉，極簡極節制的清淡料理，外加佳能高倍數近拍鏡頭與濾鏡效果。只不過那當真算不上我記憶裡那些個烈火烹油、大手撒鹽澆油，大把蔥花薑絲下料的功夫菜。但我可絕無意質疑人家的廚藝，說起來烹飪這事，可得親身體驗才懂。扭開瓦斯爐那可能已經是最後一步了，從備料洗菜化凍切削熱鍋，道道工法都繁瑣費事，若說熱衷廚藝只因出於愛，那可真是一點也不夠。只能說一代有一代餐桌之美學，典範轉移了，那還眼巴巴看著堅固的煙消雲散，也是壯士遲暮。

一如婚禮象徵著愛情故事的高潮與終局，餐桌上筵席前，同樣是愛恨羅織、嗔忿錯縱的修羅場。單不論筵席排位的尊卑高低，或觥籌交錯一瞬的巴結、心機或算計，光是那些賓客菜色，許多故事就在此派生、蔓衍，足以讓小說家大書特書。

白先勇名作〈永遠的尹雪艷〉寫絕代風華的滬上名媛尹雪艷，即便從上海淪落至臺北，風雨飄搖卻零落不了海上綻放的浮花浪蕊。從紙醉金迷的霞飛路到了仁愛路四段的西式洋房，尹雪艷的永恆毋庸置疑。她家麻將間日日招待賓客，而方城戰到昏天暗地後上晚宴，招待的即是尹公館的京滬小菜：「金銀腿、貴妃雞、搶蝦、醉蟹」，「尹雪艷親自設計了一個轉動的菜牌，天天轉出一桌桌精緻的筵席來」。

我總覺得這故事就是五六〇年代版的〈世紀末的華麗〉，即便潤其風華成其大器的米亞替先施走秀的時代，尹雪艷早已明日黃花了。但這可能就是文學系譜。更進一縱深說來，尹雪艷就像杜甫「岐王宅裡尋常見」寫的開元歌手李龜年，從神州淪落到了島國，如今再見尹雪艷，座中觀眾莫不掩泣罷酒，遙想他們的家國興衰、青春開落。

蘇童〈妻妾成群〉寫女大學生頌蓮因父親經商失敗，家道中落不得不輟學嫁入員外家當小五，已經有三房姨太太珠玉在前。四房女人餐桌上鉤心鬥角釘孤枝不消說，我印象最深刻是大少爺經商返鄉，擺出的筵席珍味豪奢，超越了頌蓮新嫁時的喜宴。不過沒多久頌蓮發現大少爺童年創傷，根本不愛女人。一如王德威所評論的：飽暖思淫慾，但這家男人卻放縱到了淫慾之心都給耗盡了。

隔沒兩週學妹標記了一群友人，傳了張闔家光臨搭伙照。只是租賃一房一廳，茶几沙發拉推擺開，才勉強有一桌菜豐盈富饒之景深可打卡。這真是不能承重之轉移啊。當餐桌不再是每家必備，新世代廚藝也只能成了演化論的濫費而犧牲了吧。

食神

學妹搬家時帶來整櫃食譜，搡搡推推解邊緣去中心，把我那些學術專書和經典小說給全降格到了後排。照學妹的說法，那些誇誇的理論隨地腐朽，寫過論文話過唬爛了，階段性任務就宣告完成。至於食譜那可是日日得參考，得重讀，得徵引。糖醋酒麴幾茶匙，米芯麵芯由生硬以至熟透的時機，蝦蟹帶殼去殼之料理區異……極細膩瑣碎的外家功夫練橫，當真不能有絲毫差池。

沒消幾個月學妹就說她帶的那幾本食譜，剔剔揀揀扣掉我挑食不吃的，能學的再現的全給她修畢習完。不但每一道都百分百還原實作過了，還增冰勝水青出於藍，就像武俠小說裡常用的那個詞，「已臻化境」，九陽神功練到第九重或打完一套降龍十八掌，天靈蓋冒汗發燙，太陽穴鼓脹飽滿。當初看來有如天書無解之秘笈，如今重讀無難關結脈。拔劍四顧，只得獨孤求敗。

不過廚藝就如同武學奧妙學海無涯，我前文才讚嘆過黃麗群寫黃媽媽的神乎廚藝，雖不至於卡通那般、鍋起盤掀就七彩斑斕祥雲或萬條金蛇暴竄而起，且畢竟發文不附圖難一窺實境。沒多久黃麗群的《黃媽媽說菜》就上市了，那些分明是上館子才有的奢華料理，鍋巴蝦花椒雞的，都這麼招招布公開誠栩栩秀出自拍圖。我忙不迭替學妹下訂。就像中學國文課選的《老殘遊記》那段〈明湖居聽書〉的聽覺摹寫，原以為到了傲來峰頂，才發現其上還有扇子崖，終於翻上了扇子崖口，這才發現南天門更在之上。一山還一峰高，一巔更一崖險。

說起來我本來不過是吃粗飽的味覺，手殘加舌拙，宛如絲毫招式都不會卻滿嘴點評的王語嫣，實在不好意思坐上餐桌東塗西抹。不過這些年我偶然參加藝文活動，在後臺遇到那些以美食專書或料理專欄作為出道類體的作家，聽他們猶如盲棋高手對弈那樣，說出位於中山北或敦化南哪個巷弄轉角的老店小館，及其多年來的招牌菜、手路菜之一路變遷——這簡直謎中謎奇中奇，像女媧造人或精衛填海的傳說，隨手捏捏揉揉，皺開了皺縫，造鑄出人偶。

我回想在大多物質匱乏的古典時期，寫美食著名的作家實在也不多。像老杜身經喪亂貧困入蜀，大概就「夜雨剪春韭」或「盤飧市遠無兼味」這種等級了。難道寫個魚生青蔥料理加炊飯，他寫「無聲細下飛碎雪，有骨已剁觜春蔥」，就已經很不得了。從各方面條件與精緻生活的背景肌理來說，美食真正再現進了文學作品裡，那可能是《紅樓夢》、是唐魯孫，是舒國治、蔡珠兒或離世了的韓良露。每道菜，每樣食材，原生的，外來的，料理以味覺計，食物以里程計，而背後的典故底蘊又層層積累，轉瞬成了巨大機械疊加的鏡像之城。

看當代作家寫美食何止是眼耳鼻舌，活色馨香的阿賴耶識，那簡直如球賽時，以高倍速攝像機將投籃起跳或揮棒之慢動作定格，再以微秒作單位慢速度重播。每種料理周遭暈染成了幻美的光瀑，真的像《中華一番》的誇張動畫般，時間恍若靜止。

這麼回想學妹如今的九陽神功似乎還不足以圍攻光明頂。但積跬步終致千里，望她早日論戰華山之巔，武學造詣更進一層，至於我的功能，就職司粗飽地消光美食就行了。

料理對決

已經記不清楚學妹到底什麼時候開始手作便當的，但這次我卻是臨深履薄掀開保鮮盒塑膠蓋，幾乎不假思索更不加咀嚼地將整塊煎蛋捲一次塞進嘴裡，並努力發出美味的悶哼。

一開始學妹提議與其外食，不如由她料理。初期不過是炒飯或蕎麥麵這種基本的家常食物，其後一切就失控了，如冷戰時期的軍備競賽，各種放在食譜後半段的華麗菜餚，全給塞進保鮮盒。我原本不過吃粗飽格體，囫圇無味蕾，但既然吃了賢慧無敵、往往還必得打卡傳照的手作料理，總得誇誇賣弄給點建議。還不用到《中華一番》那種，仙女和金龍齊飛，鍋爐餐盤都絢爛發光的程度。

就在我幾次縝密分析，關於學妹之廚藝與餐館之差別後，她終於發怒了——

因為沒有鑄鐵鍋所以加熱不均勻啊，因為太趕了沒時間先汆燙過啊……大概就是上述我不了解的外緣因素導致。但我再不敢提議外食，這樣強迫烹飪又強迫讚賞的徵狀，大概是料理版的強迫症吧。

在湊佳苗《白雪公主殺人事件》小說裡，一對前後期進公司的女職員，因對課長的爭奪而陷入陳腔的鉤心鬥角。但面對身材外表都神正無懈可擊的後輩、且姓氏和自己名字同音的三木典子，前輩城野美姬使用料理大絕，她自信栩栩和其他新進女職員說：「只要為一個男人親手料理三次，他就離不開你了。」傳統的日本職場文化，OL婚後多提出離職，一變而為專職主婦相夫教子，那麼主婦之日常系戰鬥大概不外是參與掌管社區事務的町內會、寫傳閱板以及替全家人手作便當，君不見幼稚園孩童各種浮誇而卡通造型的彩色便當，那都是媽媽們在方寸斗室之廚房，蓄力集氣，會心一擊的料理對決啊。那麼烹飪這件事本身，被謄寫成某種懸命或職志，好像也有點道理。

美食和慾望、和戀情，以至於性別攻防，向來有緊密的連動關係。張愛玲《色，戒》裡那段著名的「經過胃通往男人的心」論述，而今看來即便有些沙文有些不時宜，然而食色性也，人之大慾存焉，那鋪天漶漫的慾望，將之落實而具象化，難免就成了邪淫貪婪的饞相。

在余華《許三觀賣血記》裡，許三觀和許玉蘭求婚的花招平凡無奇，卻直指要害，在一輪請客吃食畢了，許三觀數著手指精算這一段關於小籠包、餛飩與西瓜上的愛情：「小籠包子兩角四分，餛飩九分錢，話梅一角，糖果買了兩次共計兩角三分，西瓜半個有三斤四兩花了一角七分，總共是八角三分錢……你什麼時候嫁給我？」後來早有男友的許玉蘭只得虐心下嫁給許三觀，一切都是料理惹的禍。

好吃嗎？學妹問。嗯嗯，唔唔。我將食物塞滿嘴，持續發出這種含糊、意義不明但聽起來像由衷讚嘆的悶哼聲音。拉岡的理論，能指指向另一個能指，慾望對象是另一種慾望。有明確對應關係的語言本來僅是符號，這時我對學妹料理之形容，已經超越語言水草之彼岸了。也就在這時，我好像突然讀懂了言論不自由的年代，那些晦澀濛曖、充滿隱喻的詩歌。原來是這麼一回事啊。

大雄

如果某個雜誌或期刊資料庫，準備蒐集分手時最令人對之無言、翻之白眼的託辭，我會想起學妹與我臨別前，知人論世針對整段戀情所作總結——「學長，我覺得你真的很像大雄耶。」

由於國民卡通《哆啦A夢》鐵粉橫跨數世代，一說起大雄其名諱，我輩自然聯想到那個總戴著圓框大眼鏡、著橘黃襯衫短褲白統襪，獃頭騃腦，無論是體育或功課永遠班上墊底，在學校拿滿手零分考卷，回空地被鄰家孩子霸凌的小學男孩日常。

我依稀回憶學妹當時說這句話時，青春俏臉似笑非笑，有些輕蔑和世故，卻也略顯哀感而不捨，無瑕童顏有如真空管裡閃燃擦亮的火芯。那個夜晚我倆臨著熙攘市街，背景是閃熠熠霓虹看板和豔紅紅的煞車燈，整條市民大道高架橋的華麗夜景，宛如博物院裡那張全幅遼闊的〈清明上河圖〉。

但我怎麼會是大雄呢？我模稜迂迴揣測學妹的隱喻。是說這段關係裡我一無是處，還是指我將她當成了百呼必應的哆啦A夢，怎麼想都不太對啊，明明我才是那個朝晴暮雨，在酷暑寒天裡殷勤接送，閹割理性自願淪為工具人的機器貓才對吧？我想像的一幕幾乎是——學妹嫵媚嬌弱地跨進副駕駛座，我忙不迭掏翻著我的白口袋，伸出圓手那樣拿出滿足各種傲嬌需求的二十二世紀高科技道具。帶著外表貌似靜香，心智卻宛若大雄的學妹在城市逡巡，直到末世將至。

總之當時我怎麼想也難明其究。說起來大雄勉強算是故事的主角，但從各種定義來說，他都不算是一個值得驕矜，或孩童們選角色來扮演時會想到的箭垛型人物。

只是截彎取直、穿透更迢遠的光瀑回望，與那些熱血動漫裡，動輒就獲得天啟之超能的靈力忍術靈壓，隨意在超現實封絕空間裡施展出華麗體術、撥刀趕棒的超級英雄相比，大雄何其平常卻又何其秀異，他比什麼外表看似小孩智慧過於常人的小孩更童稚更愚拙，除了翻花繩與射擊之外再無長才，總是哭著找媽媽或哆啦A夢的男孩，在關鍵時刻卻又能英姿颯爽地戴上竹蜻蜓，套上空氣砲，為了全人類全宇宙的衰亡圖存奮戰。

就我所知的作品爬梳，對大雄這個看似孬孬而人畜無害的迷人角色，給出最辯證之體貼者，大概就鯨向海詩集《大雄》。其後還有一本系列作《A夢》，顯然鯨向海有意探索此漫畫的文本罅隙。在《大雄》後記，他點明了「大雄」這意象延異展開的漫漶水道、歧路亡羊：伽藍浮屠內裡的大雄寶殿，和哆啦A夢故事中的野比大雄，既神聖又易脆，既莊嚴又滑稽。至於豐田汽車廣告則找來妻夫木聰扮演大人版的大雄，多年後靜香仍對大雄的天真傻氣難以放心。

事實是二十二世紀生產了無數個貓型機器人，而每間小學教室可能都有一個靜香，一個胖虎，一個小夫。但大雄終究是獨一無二的。所以好在我是大雄，可以理所當然懦弱，後悔，濫費時光，卻有在需要時一如國小四年級般勇敢，只消從自己房間穿越一扇粉紅門，就足以拯救世界。

所以我很想再借一次那臺、從藍色狸貓四次元口袋掏出來、如今內建在大雄抽屜裡的時光機，回去那晚的市民大道旁，以國片裡特有的奔跑與嘶喊情節，對學妹大喊：當大雄不行嗎？

輯三

點

給同在寫作路上的你

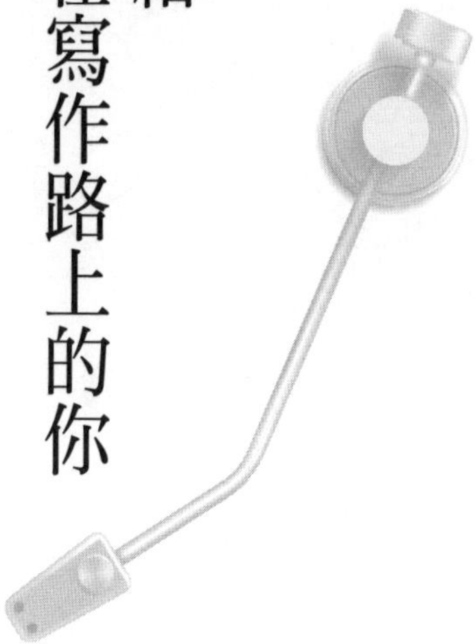

文學的現場，比文學作品本身還精采

隔壁的作家

學妹邀我去參加一場文學獎決審會議，看幾個過往僅於文學史課本裡認識的作家。此後我又參加過好幾次這類決審會，比起那些評審們在閉門密室裡、嗜飲咖啡輕巧巧投票選出首獎的會議，那種實際面對面投稿者的會議，其實刺激聳動得多。

就算這幾年我們嘈嘈嚷嚷，說什麼文學已死，什麼文學書出版之枯槁頹業，但每次看到最後一輪投票結束，落選者執拗糾纏著評審不給上高鐵，那不甘而難以承受的落敗感，我頗心有戚戚焉，文無第一武無第二，無論會議上拿了多少文學理論或文學史動力結構來陳述，對作者仍是悻悻然的難以承受之重。就像早年廣末涼子主演日劇《唇膏》中，飾演畫家的三上博史，說什麼也不願參展競賽，只因他無法承受與他人較短勁長，只想當自己世界裡的唯一王者。

但我要說的是這場會議其中一篇作品。我參加前無機會拜讀，聽評審討論才知道，它約莫可算一篇後設小說。內容講一個中生代中堅作家，作品曾在文壇大放異彩，無奈江郎才盡步入晚暮，腸思乾涸再無靈光，只剩過去古羅馬帝國榮光說嘴，然而作家之妻仍勤勤孜孜以老公為榮，除了在居家奉茶遞水百順百依，就算聊賴日常逛菜市場，菜販也動輒問候起她的大作家老公之新作。

「我不知道這篇作者有沒有在現場，但這個女人的老公是作家，他倆都結婚二三十年了，也不是第一天認識男作家，怎麼可能對他還是那種畢恭畢敬的態度？還有現在文學書能賣幾本，賣到菜市場都看過，這什麼時代？」評審說，簡直一點也不錯。

「根本騙肖欸。」評審之一的本土派女作家，最後補上了這句。

不知該怎麼說，但嚮往投稿以至成為作家的參賽者，恐怕對寫作本身有一種歐美日系文化強國產業鏈的幻想。但事實是「作家」頭銜一來作為專職難免艱辛營生，二來其社會地位更與預設落差甚遠。我所知之寫作更像暗鼠匿跡書房內裡，甚至可以用到「鬼祟」或「猥瑣」一類字眼來形容。

陳克華在《桂冠與蛇杖》一書的序文裡引用過莎士比亞的話，說一個詩人遠觀則清高又優雅，但若他住在你家隔壁，就不過是個笑話。然而無論是對「作家」此一職銜的嚮往或自嘲，就我所知的文學作品中還不少以作家當主人公的——無論是油盡燈枯與靈感匱乏搏鬥，或誤入離奇事件難解謎團，再加上後設技法朵朵砌累而綻開的曼陀羅花，近年如折原一《倒錯迴旋曲》、小野不由美《殘穢》，都是以作家第一人稱展開情節。

而將那種妄想一夕暴紅、走上那條滿地是閃光鎂帶碎燈泡熠熠的星光大道，大概是駱以軍《紅字團》，以全然私小說敘述技，寫自己投稿上了文學新人獎，誤寄了張搞笑的團體照，此後出門開始假怪假鬼，擔心迎面而來的讀者粉絲認出自己來，上來包圍要簽名，爾後發現全憑妄想，把那種新進作家的虛榮泡沫詮釋到了極致。

就在全場被女作家逗笑了一輪後，那篇小說也就再無被討論了。我本也想藉端藉勢、向鄰座學妹也說幾句那篇作品的取笑話，卻只見她緊抵櫻唇，眼角淚痣抽動，一副快哭快哭的樣子。不會吧？那篇難道是她寫的？只是我再不好向她確認了。

學術江湖

雖然都好一陣子了，但學妹依舊瘋魔似轉貼某校發生性侵事件的後續餘波。她大概輾轉聽聞我在大學任職，執拗地問起關於性平會、工作小組之法源等等我雖聽過卻不甚理解的組織與科層。

我總覺得這事對錯看似客觀明晰，某派或反某派一面倒，但事實上大學裡太多難以明喻的權力、行政組織和官僚系統。人心的城府算計，派系的擴縮張弛複雜到一個程度，那就是江湖了，身不由己恩怨情仇、黨同伐異的典故太多了。我總想起金庸的《倚天屠龍記》或《笑傲江湖》，那種五嶽劍派同氣連枝，看似各個武學正宗，圖的是正道公義，只是才背過身擺露出的就是滅絕師太或岳不群的嘴臉，只差不確定爾等到底自宮也無。

也如同武俠小說的手筆，所謂的學閥門派平日跋扈囂狂，從上而下假狐威、仗狗勢到了外人難以想像地步。派系大老表面上良善溫潤，背地把持機器和資源，以不下立法院黑箱手腕操持黑箱。他們長年以養尊餵豢的玻璃心更脆弱到極點，稍微一觸就碎碎斷斷。然而就如此類事件，氣燄更高張的往往是日常依附於掌門光影下的嘍囉們——可能是校友，是博士生，是系辦秘書，是傾派系之力培育接班的中堅教師。無論他們是想像或當真相信有所謂系所之名聲榮辱，但說什麼也得維繫住自家門派的這塊招牌。

門派壯盛時，他們盡可能威壓霸道，懷柔搓算分霑資源，他們排闥出入系辦如自家庭院，爛泥委地賴活在舒適圈，需要時更能假大老名義放耳語寄黑函，掌握生殺實權。且當其時，若門派稍有不慎失勢了或遭他派給搞癱了弄殘了，經年的優渥待遇一朝夕化為往日煙塵，掌門不過就金盆洗手風光歸隱，但底下嘍囉難免得遭秋後算帳。這恐怕就是某派極其所能也要動員轄下組織系友，非得振衰起敝，捍衛那傳說中根本不存在名聲之能指。

把高等教育機器、大學組織解構到最畸零的作品，應當是中國大陸小說家閻連科的《風雅頌》，主角楊科副教授多年猶未升等，於是閉門研究室鑽研《詩經》，終朝一日他學術大作遂成，一回家卻捉姦在床，發現老婆與大學副校長一絲不掛滾床單，沒多久楊科就被校方以精神狀況而強制入院，這還不是小說最酸訕的。楊科逃出瘋人院，一路逃回老家、相傳是《詩經》發源的耙耬山區，流連在家鄉的風化區，乾脆教起風化區裡雛妓這門博大精深的詩經學。

這故事的潛臺詞兜兜轉轉，不正在說一群衣冠楚楚的高教敗類，連妓女都不如？無怪乎閻連科小說連年被禁。當小說比現實更擬真時，一切就內爆了，諷刺只能成就荒謬。

其實我總以為學術研究離不開組織，各職級成員群策群力，為一團隊研究或整合計畫奉獻，進而建立起所謂的聲名。不過此圖像可能過分理想化。

學妹詰問到底，才知道她正猶豫某大學助理職缺。就像柏拉圖那個世界肇生於理型的理論，我們相信某個想像中的圖景，才終有二重模仿之可能。但就像徐克導演的《笑傲江湖》電影版，人之於恩怨之於江湖，可能再無所遁逃無以退出。這結論可能太悲觀，世界再怎麼擬像，雖然依稀迢遠，我終究願意相信內核無限透明的理型存在。

惡之花

已經不確定那是第幾次，學妹陪著我等在結束面試的系館階前，這不過是我當流浪博士那一年的尋常光景。夜幕低垂的校園荒涼淒冷，何況這本是一所位於僻壤的大學。惟殘賸下中庭怒放的鳳凰花，嬌豔似火，簡直就像我記憶中最後一個燦爛的夏天。

姑且不重提那些年失衡的博生崩壞的高教這類宏觀政策，對當時的我而言，這所學校可能是我最後一線蜘蛛絲，家族長輩還為此次面試機會四處討索攀關係，或許正因若此，主試者早有成見在先了。

一直到爾後我親身縱浪入了學術圈才真正體切，大學老師恐怕是三百六十諸行當最難搞的。日常站在講臺掌握唯一發言權，進了系務會議虎虎洶洶，無考績無業績無主管制衡，誰也不怕誰的死幹對峙，璧石俱焚。其中更有少數同行心胸仄逼狹隘到了難以想像的地步，光是一指點一舉措，隨口的無心玩笑或口沒遮攔，從此梁子構結釘榫，不共戴天，輕則黑函中傷放話，重則審查檢舉申訴都能來上一輪。他們常把「這個圈子很小」這句話掛嘴邊，但這句話一經翻譯其實是「我的心眼很小」，這到底何苦來哉？

面試畢了出了大樓，猶如守候著一座瀕臨乾涸枯井的學妹，圓亮大眼幼貓般望著我，她什麼也沒說，但我讀懂她深黑的長睫毛眨動一瞬的款款體貼。她想問我面試結果卻又看穿我氣力放盡，有如一枚失去軌道的人造衛星表情。

「不怎樣。」我就應了這句話。回程我怔望車窗外成畦菜花田發駭，想著剛剛的試教，本該令人景仰的師長如何笑顏殷切地陳述我的缺陋，構陷子虛烏有的關於我的窳劣惡行，我已不確定自己到底做了或沒做什麼，後來又過了一陣子，我依舊聽聞該系散播關於我的狼藉聲名。分明再無瓜葛了，這到底怎麼回事？

那是我初次真正感受到、來自於他人的強烈惡意。

日本文學向來擅於處理惡意，東野圭吾有部小說即名之《惡意》，小說運用「作中作」的格體，身為競爭的同窗親自謄寫、貌似呈顯事實的手記，實則卻草蛇灰線，埋藏了更深層的粼粼波濤。而處理這種多年總角之交的宿命對決，向來是東野大神的獨家手筆，眾所周知由福山雅治擔綱主演的成名作《嫌疑犯X的獻身》，細膩摹寫了湯川教授與達摩石神這對理科菁英的密室鬥技。

即便深切透理，我仍難以理解那如同地獄淵藪的黯淡光痕盡頭，以純粹之惡餵養出一朵綻放的末世醜怪食人花。大概就村上春樹《國境之南．太陽之西》的警句：「一個人存在，就會傷害另外一個人」，一切注定了，是大自然。

畢竟成了同行，後來我難免狹逢惡意漩渦裡的當事人。彼此佯裝無事在狹長走廊間錯身，即便僅止如此，即便事隔多年，我仍雙腿觳觫，如梅尼爾氏症般眩暈難遏。那就是純粹惡意，絕對的恨，那種恨甚至成了羈絆，那是愛決計無法達到的高度啊。所以《火影忍者》裡最感傷的橋段，宇智波鼬對弟弟佐助說：「憎恨我吧，我愚蠢的弟弟，帶著恨苟延殘喘活下去吧。」

無以選擇也無以迴避，惡的力量彌天蓋地，拔城滅國，那麼痛苦那麼顫抖，卻又如此讓人著迷。人們只得一直這麼憎恨下去，直到世界終結。

蒙面文學獎

印象中許多寫作者，早談過「文學獎」這無心栽植卻竄長出了異樣惡之華的體制，像東野圭吾《歪笑小說》有一篇就揭露日本出版社創設文學獎的秘辛。當然，臺日文壇風情頗有曲異，但我總覺得文學獎內外騰掀的話題，充滿了重層鏡像與隱喻。

這想法來自學妹迷上的對岸選秀節目《蒙面歌王》。眾所周知，崛起強國人才濟濟，將發跡於我島的《超級星光大道》出新推陳，從《超級女聲》到《中國好聲音》等海選，從素人ＰＫ麻雀作鳳凰，到而今知名歌手也得執戟披甲，御駕親征，還有那些略嫌浮誇的導師與職業觀眾，讓一場場選秀節目確實創造收視。

《蒙面歌王》的玩法是這樣——早已成名江湖響噹噹的實力派歌姬唱將，全給蒙頭蓋臉，聲腔技法假鳳虛凰。此時偶像們原本的風格技藝，或仰仗後製混音和利基鐵粉的夢幻點閱追蹤數，一瞬光環盡失，砍掉重練。就像名嘴踏上了鄉民搞的匿名論壇，才離了舒適圈，刀劍無眼全招呼過來。至人無己，聖人無名，蒙面不一定是加菲貓，但得全憑硬底子真實力。那麼這一瞎攪和，最後到底誰能站在這霓虹管舞臺前一個人的武林稱霸？

我陪學妹看幾集才發現，這選秀賽像極了文學獎體制之本身。說起來氣之清濁有體顯然有別，作家總有獨門的路數手筆。但文章無第一，加上文人相輕或相互標榜的陋習，譬之太深或推之過重的作品從來沒少過。只要仍買書閱報的讀者，總有過幾次看到書評書腰推薦序上，閃燦燦豔晃晃的題辭，忍不住買來撕了膠膜，翻開才一瞅就發現誤踏爛品糞作不忍卒讀。

何況臉書時代社群時代，網紅作家的粉絲專頁裡，不確切是從眾效應還是幽靈帳號的大規模騙讚。數以千萬計的粉絲留言等同就是正能量正指標，誤以為「大家都推讚，怎麼會難看」，終成了童話裡那件不能戳摸不容質疑的裸族國王新衣。但文學獎可不然，眾寫手將作品悄悄藏在磁碟文件匣深處，截止日沙漏倒數，鬼鬼祟祟將作品一式幾份地彌封起來，如暗鼠似的投遞出去，接著像掖著國王長出驢耳朵卻只能告訴樹洞的秘密，靜候著它有朝一日花果綻放。

當然，大小文學獎浮銷濫辦，獎金獵人，得獎體，偽造的身世與情感，簡直就像文學史介紹過的，某朝代瀕臨僵化的文類，模擬期以至衰亡期。但即便我們講了再多關於文學獎或文化局的壞話，再怎麼宣稱這年頭文學獎衰頹，再不具文壇入場券功能，再怎麼嚷嚷讀者末世、文學黃昏，投稿者仍絡繹而來，寄出熱燙燙的影印紙，期待著名單揭曉一刻。

所以每當誰批評獎金獵取者、謔之曰獎棍獎咖，我總覺得苛之過重。從更後設來說，他們搞不好才是真正反文學獎體制者，以肉身作為道場，以帳戶兌領獎金，以行動藝術證明文學獎制度之歪斜與荒謬。評審再怎麼對蒙面獵人的風格嫻熟，他們就是能別構一體，投出分明迎合審查美學卻又難以辨識的得獎神作。

從客觀、公正、匿名的指標檢視，文學獎恐怕仍是最純粹的文字鬥技。不因內外而避親仇，不因人事而舉廢言，一篇作品被剝掉封面書腰推薦序，絲襪套頭般站上殘酷舞臺。它可能是一篇制式的得獎體，至少不大容易是粗製濫造的劣作。雖不情願但我也能說，感恩文學獎，讚嘆文學獎。

最後一頁

任職出版社學妹，轉來一篇獨立書店經營者的抱怨文，那條條列列的盈虧欠款，當真是我等受薪階級、每個月穩妥妥刷存簿入帳的日常難以想像的。

商界喜歡講什麼夕陽產業，但這詞彙反身之浪漫，總讓我想到李商隱那首金陽燦燦的無限好時光，或動漫裡憑著最後的勇敢和熱血朝著餘暉狂奔畫面。只是那種堅持不放手或一生懸命也要實踐夢想的誓言，畢竟只是繁榮夢境。當它落實到了如荒漠的真實世界，睜開眼吵醒自己不是鬧鐘或夢想，而是幾經謄寫鐫刻上去的店租人事通路貨款還有水電瓦斯信用卡帳單。

更早之前即便耳聞出版業寒冬，實體書衰頹，對我不過是新聞裡的跑馬鏡面，然而幾年前我因緣錯織得到出版補助，出版了幾本書，認識幾個出版業線上的朋友，這才體貼他們所謂無止盡無下限的潰敗退縮。書何止僅是難賣？而是除了一年幾本暢銷話題作之外根本難以推廣。獨立書店成為在地的文化地景，講座排得比大學課表更綿密還精實，但即便場次爆滿、聽眾眼瞳閃熠熠發光，結束後整個熱氣沸騰的空間一下子就蒸散了，像無聲的煮沸水壺，煙霧氤氳，卻什麼都沒剩下。

其實甭說旁人，沒多久前還固定逛書店汲取食糧的我自己也同樣成為衰退的共犯結構，也不是自甘墮落情願不買，但時間硬僵僵給各種載具分割截斷，臨了睡前滑手機，讀完了哪篇網路專欄或農場新聞，螢幕亮燙燙的，就覺得差不多了，夠了，今天汲取了資訊與流量，足以安心就寢入夢。

然而現實是即便再怎麼寒冬，此產業仍殘喘續命，行銷仍烈火如荼，在我勁搞搞投出書稿、期盼能如科考中舉般成為擱置括在弧裡、形而上的「作家」時期，那些不曾回覆我的出版社，紛紛大軍攻勢不斷寄來新書文宣廣告和占容量的群組信。這可能是萬有隱喻，對產業而言我雖不夠格成為他們的作家，但卻仍殷殷懇盼我成為他們的讀者。而隱喻更荒謬的鎳幣反面卻是——想當作家的人太多，願意讀書買書的讀者卻太少。像滿天月亮一顆星，千萬將軍一個兵的那首滑稽繞口令。只是恐怕太遲了，曾經是讀者的大多數之知識，只能存取於那智慧型手機方框裡，浩瀚卻又微型的小宇宙。

學妹告訴我因應這世道，他們也開始辦付費講座，開始找粉絲頁出書，似乎未來的作者將轉變成提供資訊或知識上網的受薪者，而書店作為公共空間的實踐場域，兼賣咖啡啤酒鹹派甜食。雖然這轉型邏輯合理，但情感上實則難以承受，有終一日，電影《一頁臺北》裡郭采潔和姚淳耀邂逅的場景，終將死絕滅盡，或像《華氏451度》，或那種革命覺醒小說特有的、文明盛世一夕隳毀的波瀾。

總有一天吧，實體書會徹底消失，書店也會成了那街角古董藝品店的存在，到了那一天書就如同八釐米的影帶，如同黑膠唱片，而書店一如那最後一家終於走入歷史的玫瑰大眾或光南唱片行，書的本身成了藝術品，成了集郵或蒐羅古幣那樣的珍藏物，這可能是大自然。對某樣載體執著而嚷嚷著要救援要設立保育專區，這可能太執拗太鄉愿，但我總希望在那天之前能繼續寫繼續讀，到最後一頁塗滿了蟻黑墨字為止，繼續走在全世界黑膠唱片都磨光了的沙灘上。

寫作的底薪

前陣子有則推特訊息在網路上轉載：一日本漫畫家公開學生社團來訊，跪求漫畫一幅卻強調因阮囊羞澀，僅能支付不敷行情的價格。漫畫家委婉謙辭，並強調並非無法體貼學生們貧乏，純粹是行有行規行價，任意削價降薪難免連動到整個產業之勞動力性價比。

我認識一身兼以數個專欄，總依憑此矜矜自誇的學妹，也大肆評論這事。即便她並非藝文寫作出身，但寫作論題跨攬山海，就我讀來那些轉折稱不上流暢的句法，或生硬拗折幾無文采的意象、譬喻、敘事，像聖誕節前夕遭逢分手噩耗，再也打不成給戀人的圍巾禮物、最終只淪為絲絲纏纏擺爛錯織的毛線球團。

惟學妹屢次洗版抱怨受限文章的點閱率與流量，她孜孜撰寫供交出無償或低報酬的新稿。她每篇抱怨文都來得詞嚴義正，幾乎比其專欄還更有可讀性，透明剔透恍若一絲雜質也無。只是沒隔多久學妹又轉貼來自己一篇新稿，在那文章量單一充斥堆垛而無含金礦脈的網路農場底層……

我原本要盲從點讚的滑鼠游標，就這麼在鏡面飛旋晃動了好一會，終而放棄。雖然完全知曉也理解那妄想敢曝、被關注被閱讀，終而一朝暴得大名之悲願，但還是耐不住低悶的埋怨，眼下這不公平低廉稿費，難道不正是被學妹這般的寫作者給間接引動的嗎？

這是何苦來哉。

聯合報副刊主任宇文正在她的《文字手藝人》中，提過另一種兩難的剝削。某南部大學邀請她在其最忙亂的週五前往演講，註明提供高鐵往返費用。這種對於差勤驛動來說，分明理所當然的津貼，偏偏就是有單位無法提供或不以明言，看準了專職寫作非得削價或自降行情之苦衷。故事最末，她評估過後以為一日休假何妨留給高中生，對方則誤以為她是對費用有所不滿。

姑且不論寫作者的口說或演講能力，在這閱讀凋敝的時代，大多數寫作者對於到校園或公機關講座推廣熱情拳拳。只是一方面演講酬勞所為公定價經年未曾調整，另一方面考量備課備料與通勤碳排油耗，加上對造單位有時那樣嗟來之食的高姿態，這營生法門實在不易度脫。

然而兩難的是這樣的酬勞之於寫作者，有時仍若雪中送炭。初涉貴圈的新秀，以及單憑熱情與意志就足以抵禦舟車勞頓的寫作者，仍然響應這有時淪為剝削的津貼，而每當我將這般公定價報以邀請作家的電郵末尾，卻不由致歉致歉再致歉。

從傳統紙媒到代興的網媒，眼下時代顯然需要更多的寫作者投身，而公機關從研習到演講，從評審到推廣，各類活動也都仰仗寫作者之投身協力。我也不是不能體貼作為承辦人，以比價以投標式邏輯邀請講者的運作模式，然我由衷樂見有朝一日，我島能訂定合理且豐饒到足以貼補日常寫作而無虞匱乏的薪津，而無分作者之世代層級，宛若勞基法精神保障基本工資給作家們。

只是這悲誓弘願讓我想起杜甫詩那句「安得廣廈千萬間，大庇天下寒士盡歡顏」，會不會當願力廣袤到比天寬比海深的檔次，轉瞬也就成了一場幻美而永無具現的癡夢了呢？

隱疾式寫作

依憑多年後不很精確、猶如《百年孤寂》開場那找冰塊午後般的記憶，那是一個漫漶著梅雨的春日。我和學妹就這麼蝸居在那三四坪大的微型套房。世界與記憶都太潮濕了，恍若被木柵綿延的雨季包覆著骨瓷白色、絲線黏纏的繭。

我對著電腦螢幕，不知道寫著什麼，約莫是那些年我不斷投遞卻終究沒有發表機會的廢文創作。而學妹就那麼瑟縮在我身後的鋪棉和式椅，讀著那些經典選集裡昭昭其名的小說。就在我專注連綴不連貫的詞彙語句，調度無光澤無靈光的碎末之際，學妹接起電話。

對方大概是我也見過的，學妹的姊妹淘。發話端問起了我。

「學長在我旁邊啊。喔，他在創作啊。」接著姊妹淘貌似吐槽了幾句。類似什麼「在創作」裝神裝鬼很假掰一類的。接續著學妹以更堅定也虔誠的口吻解釋我的行為，說我真的正在對著電腦螢幕、指尖敲擊著鍵盤，寫作著一篇不確定是散文或小說或隨筆，總之是正在進行一個創作的動作。

創作。後來我在更多難以形容歸類而不思議之處看到這個形容。類似粉專直播小模或單純接案的外拍妹，那些近乎裸露的，盡是雪白胸腿外掛美肌模式的照片集，也堂皇稱之為創作。這當然不能說錯，根據教育部辭典，凡進行創新而非蹈襲之文學與藝術作品之創造，即得以「創作」來統括。只是當製作出那些得不到閱讀旋即沉入世界另一線索脈輪，進入宮部美幸小說《悲嘆之門》編織的「咎之大輪」的裡世界，終究是否還有任何意義呢？

我想起徐譽誠《紫花》的一段描敘——敘事者瞞著家人去醫院反覆體檢，申請免服兵役證明書。由於不願意被周遭親友揭穿，敘事者就這麼猥瑣躲在房間，每日整理著診斷證明書以跑完整套程序。國家機器，個人的身世身體與疾病，糾結成複雜的文本間性。我總覺得那是寫作的隱喻、關於書寫創造作品這件事。又有如駱以軍《紅字團》裡的敘事者「我」，得了個分明狗屁草芥的文學小獎，行經鬧市街衢始終惴惴怔忡，怕粉絲在某個時刻就那麼認出了自己而朝夕憂患得失。

至於對有專職的作者而言，寫作甚至不會被當作一個職務，不被認為得以一段專注區隔出來以完成的秀異時間。比起育嬰、開會、研習、高鐵驅騁，甚至敞亮亮唬以出差公幹實則雞鳴狗盜之類，寫作真的是何其淫穢而不堪一提的俗務。

於是乎暗鼠虺蟲那般，蟄居在電腦屏幕燙亮亮的，晝伏夜出的暗室裡，猥瑣又鬼祟如身染隱疾等行徑，就成了創作這件事的明喻。它好似從真實的勞作成了一虛構物，一懸念，一項分明不是工作卻非得耗費心神，竭腸苦思，氣力放盡才得以完成的使命。宛如愛麗絲鏡中世界裡，那個不願虛耗在緩慢流逝時間的世界的紅皇后，規定眾人必須一直往前跑，好讓自己得以停留在原地。

於是那個春日午後，就在學妹數落她那個不了解我、不懂創作神聖崇高而光焰熠熠的姊妹淘之話語裡，虛擲了那些我倆以幻想以誤解構建的沙堡。我堅定著要繼續創作投稿，即便那些退稿斑駁的信函疊架塞滿了我僅存的信箱容量。

那終究是一種疾病啊，無庸置疑。

想我長輩的讀者們

之前九歌出版社的陳素芳總編寫了一篇臉書文，說她在捷運上目睹一年逾八旬的老紳士，逐字細讀聯合中時副刊，接著再翼翼巧巧將其摺好收回提包。貌似眼下這閱讀習慣之頹靡，出版業市之蕭條尚未席捲到上一個世代的長輩們。

我覺得寫作這件事有些孤絕感，尤其在這個網路時代。雖然不至於王建民站上宇宙最孤寂的洋基球場投手區，「我一球一球投」那般堅苦卓絕，但我仍調度與其他網路隨插即用，求快求流量求吸引眼球或廣告點閱的網路專欄不同手筆，每字每詞苦吟順潤，像更緩更濃的功夫菜料理技藝，快轉過了慢燉細熬，轉身就將成品擺盤端上餐桌。

當然，就像那些年問起學妹交過的男友，而被慘烈呼攏一輪的窘迫，事實上每一世代自有其世代的美學，那身留此世代要寫出跨領域，跨年輩得以共感共賞，悲喜與共之作品，實在有些難度。再加上我對國文課本選錄的那些篇歸納進美典傳統、句句段段洗練靜好，或謳歌生命之一瞬喜悅，落花水面款款蜻蜓那類作品實在提不起興勁。我總以真正的文學經典多半牽涉人生之悲鬱沉重，生命之巨大創痛與無解。

是故也不是我無意考慮於那些細讀詞句，給予矜貴評論與回饋的長輩讀者，自顧自浸漬耽溺於與學妹那些情愛花蕊粉瓣，氤氳出的那些馥郁而豔情的故事。而是那才是我的全部啊。

不過我終究感激長輩讚嘆長輩。在急騁的高鐵之上，在捷運車艙晃盪如歌行體之間，在通訊軟體隔幾分鐘的叮咚聲之隙，在每次畫素閃滅都比那些明亮詩句的意象還更耀眼的手機遊戲之外，喜好文學的長輩們依舊閱讀，讀我或其他作者的文章。我不確定那些故事，預視，晦澀卻微觀調控過的詞句，還有那些宛如水道河流所分歧的隱喻，到底是否真能像趾節捆了花箋的信鴿，妥切切送到讀者的眼下，但至少他們仍相信閱讀本身的能量，造次於是，顛沛於是。

就我所知的古典時期，讀書與藏書本身就是何其恢宏的志業與使命。六朝士人尤熱衷藏書編書，那些摘辭引句的類書，或目下十行的博學能量成為他們日常之準的，甚至是理解世界的方式。藏書量更進一步隱喻了一個諸侯或一個藩國的政治軍事軟硬實力。

回顧整個南北朝藏書最鉅的大概是梁朝末代皇帝梁元帝，其藏書號稱十四萬卷。由後視昔我島一年出版書種即三四萬種，十四萬卷自然稱不上充棟，甚至隨便挑一間市圖分館的收藏量就可以輕易超越。但這樣數量的藏書恐怕已是當時世界之奇觀。隨著西魏入侵，江陵城破，梁元帝親手焚書，差點親身自焚，他到底為何作此決斷已不可解，那是窮途末路，灰飛煙滅這些詞彙具象化後的末世景觀。如今我們只得從《文選》那般的選集裡，拼湊著中古以前文學的模樣。

因此無論再如何寒冬如何凜冷，我終究相信閱讀，相信文字的力量，超越那些頻道跳轉時名嘴齜牙瞠目的突梯畫面。或許隨社群網路時代，書或文字終將一日得電子化，符號化，數碼化，而再無人願意相信書頁的輕微聲響，油墨淡雅溫潤的香氣，還有那些裝幀精緻的藝術品。而斜攲在床沿翻書的舉措，成了傷眼傷脊椎的示意圖。但只要還有人翻開紙張，我們理當就可以繼續這麼寫下去。

學長

我這推薦文學與書的隨筆裡，絮絮纏纏，夾雜了幾個關於學妹的虛實故事。除了周遭故舊問起文中學妹指涉者為誰之外，現實生活中的學妹指鹿為馬，馮京馬涼的也不少。甚至還有那種分明錯織於乍暫因緣，壓根也無關學籍長幼的路人或素人，沒來由開始以學長一詞來稱呼我。

經過度擬像而內爆的複製鏡城，顯然滲涉進入了符號層之上的想像層。這有點像成英姝小說書名《惡魔的習藝》所刺入穿出的能指鏈。現實的記憶以不可思議的弧面被摺曲、凝縮且再現，終成毫無關聯的張致面貌。

其實古典時期的文學作品向來有擬代或酬作的體類，如辭賦的設客主以問對，拿我們中學都背誦過的蘇東坡〈赤壁賦〉，蘇子與客泛於西湖，這虛構幻設的賓客漫才就是典型的虛構。

即便從文學脈絡可以說得靈巧巧，假作真時，但放到當代散文流衍脈絡，幾年前因文學獎而迭掀風波的「神話不再」事件，以及黃錦樹、唐捐各自以定海神針、九齒釘耙駁火，招招到肉、戰到荒煙明滅那場關於文心凋零與否，辨體破格未歇的論爭，都觸及了這寫作最隱密不可說的虛實倫理。

黃錦樹〈文心凋零〉一文後收錄於《論嘗試文》，唐捐該文還未集結，這論題即便能援引古今隸事，但核心詰問很清晰——散文、或狹義界定成文學獎科舉時參賽用的抒情散文，是否能容許虛構的法門？黃舉了個新世代散文作者幾篇捏造身世的獲獎作品，直球對決以敲擊出抒情散文之倫理界線龍骨。唐則以山寨散文創造出的破體，視之為文學動力結構，談本色與別宗，談匿名文學獎的必要之善與惡。

這場混戰亂仗當日了卻，但論起寫作的虛實，以及虛實帶入現實世界輾轉相乘微微分的馥郁豔異，恐怕早超越了寫作者自身之想像。今就算我再怎麼義正辭嚴去宣稱文中的「學妹」純屬虛構，對那些個誤以為遭含沙隱射、在二維銀屏彈幕背後栩栩如真的學妹們，又難免俯首低眉欲辯無言了。

不過話雖如此，但我還真認識一學長，他憑著我降生此世只得砍掉重練的奶油俊臉和燦舌話術，在校內外迷煞佳人無數。即便那些親衛隊應援團女孩不一定都和學長同校，但他一律以學妹稱呼她們，就像某政壇明星通稱他的情人為寶寶似的命名邏輯。學長，學妹，分明諄諄恪守學院上下的權力結構，卻又格外透顯出一份純情和童真。無怪乎去年博客來暢銷榜、瑪琪朵的戀愛小說即題為《學長》，「往前一步是戀人，退後一步是學長」，如此異色旖旎，又如此濛曖無邪。

約莫如此，我像作筆記似記下了這詞。但就像鄉民說的人帥真好人醜騷擾，現實生活我從不敢稱對方為學妹。本來嘛，學籍低數屆的女孩直稱其名即可，叫什麼學妹，豈不顯得矯造又假掰？

無奈再怎麼論散文虛構的合法性，破體創造的體裁大轉移，從日常從實在界侵蝕側漏的學妹，依舊咬死了這些片片斷面與故事。「你寫的那篇我看到了耶。但我覺得當時場景不該這樣才對。」某個我對之顯圖頭貼早無印象的學妹執拗發了訊息來。我當真不知道怎麼回才好，硬僵僵按下了刪除訊息的滑鼠鍵。

輯四

點給深陷同溫層的你

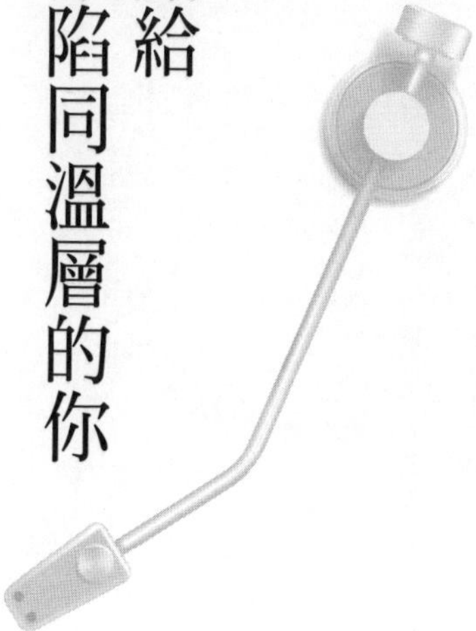

能從這扇門望見日出的美景，又何必到那扇窗聆聽鳥鳴

臉書幸福論

如今回想，大概還不消五、六年以前光景，我輩從新聞臺、無名小站等部落格，一朝大躍進就來到臉書。這原本旨在通訊交友的軟體，而今早成了我們生活日常，還不僅止聚餐出國、省親訪友，逢年過節以至於婚喪吉凶，都非得拍照打卡，彼此在臉友的動態塗鴉牆輪播上一遍又一遍。

從更理論一些的角度，那可能是高夫曼（Erving Goffman）《日常生活的自我表演》所說的舞臺性，是一種小劇場搬演的悲喜羅織，歡快與炫耀並陳的分明虛構卻處處仿真的世界。但見識到學妹對打卡發動態的偏執，這才讓我對這通訊軟體背後隱喻的過曝幸福及其反身性，有了更深入的體貼。

我不確定自己如何加入這團體，一群人定期聚餐，興采采拍照打卡，但其中一個我不算太熟的學妹，顯然對拍照發臉書這事有著格外執著，每每餐點才剛擺上桌，她忙不迭伸胳膊架拐子，喝斥準備起筷之飢腸餓鬼的我等。

我也瀏覽過學妹臉書，各式樣玩樂美食，琳琅繽紛，像掛滿彩亮燈飾的聖誕樹，我當然也按讚，也草率跟著底下「好羨慕」、「又去玩了真好」、「人氣也太高吧」留言。然日晷推遲，我終於對這熠熠發著光的小資女現充日常的背面，那蜂鳴箱裡悶悶鬱鬱卻沒說出來的故事後半段疑惑了——諸如傳聞中她那班對男友，何以沒有出現在動態裡；還有她的大學助理薪資，是否足以支應如此開銷……

「好幸福喔」，我始終無法由衷地回覆這則留言，所謂的幸福太像吹起泡沫時，氤氳而七彩幻光的輕薄表面，那麼膨脹，那麼晶瑩，瞇起眼睛看時卻又那麼模糊失真。

關於幸福與其悖論，文學作品裡談得最深刻大概是山田宗樹《令人討厭的松子的一生》，我真心不怎麼喜歡翻拍成電影後，中谷美紀滑稽表現方式。小說裡的松子原本任職中學教師，穩定且尊嚴，但先是校外研修遭校長性騷，隨後因學生行竊她頂罪，於是被革了職，如日文「轉落人生」般萬劫不復。此後的松子一生從未放棄追逐幸福，她的墮落人生經歷了各種際遇，甚至土耳其浴的色情按摩女郎，她都全力以赴做好做滿，但這份努力卻成為她此生命定之悲劇來由。

在吉田修一的《再見溪谷》裡，高中時曾犯下性侵球隊經理的隊員，最後隱姓埋名，竟和當初受害的女孩同居。「我們約好了，兩個人要一起不幸」，原來渴望幸福的灼熱，往往將真正通往幸福之門的捷徑給燒融殆盡，這是小說家給我們何其迂迴卻寫真的隱喻。

後來我沒摻入那團體聚會了，才輾轉聽聞消息，學妹男友畢業後換過幾職，索性賴在他倆套房裡，成了吃軟飯會動粗的典型渣男，我完全可以想像那黯淡漆黑密室裡，學妹怎麼過她和臉書上相反的、硬幣另一面之生活。

那麼每到週年，再看到臉書自動跳出的那些動態回顧，香氣蒸騰的菜餚或我們笑對鏡頭的殘像，不是太殘忍了嗎？但這大概就是臉書世代吧，無論多艱辛多疼多痛苦，只要別人看到自己笑著自拍的快門閃滅，只要按下讚的大拇指之一瞬間，我們是幸福的，那樣就夠了。

嬰孩宇宙

和之前某篇分享的婚宴經驗有些類似，若論起新手爸媽在臉書上過曝露出自家的孩童照這事，可能又有另一層辯證。我認識一學妹婚後求嗣多年，據聞排卵針黃體素到什麼輸卵管檢查都排過一輪，終於天賜良機一朝得女，就像蘇美那本《文藝女青年這種病，生個孩子就好了》闡述之本體論，原本鮮少於臉書現跡的學妹，開始以每天三篇以上的發文，陳述她從偉大的孕婦以至降生為偉大的嬰兒母親之酸鹼心路歷程，再外掛以數百計的即時照。

當然，我無意質疑母性本質，尤其在青年世代危及存亡的少子化年代，作為延續生命孵育宇宙的母體，此職幾乎有如當年民族救星、和他那句「生命之意義在創造宇宙繼起生命」格言般偉大。僅止讚嘆其偉大或歷史長城恐怕都不夠，我也勁搞搞幫學妹在每篇每圖底下按讚，時不時還推一句「超可愛」、「長大後一定是美人胚子」之類的一呼百應酬酢詞。

說起來我算不上審美觀酸訕刻薄的人，但當學妹女兒脫離渾沌雛形的嬰兒期，正式階列兒童後，即便調度形容詞彙數據庫，或以《追憶似水年華》那種超級寫實主義來說，實在都稱不上「可愛」這符號所延異出的河流水草之能指。尤其學妹顯然受到臉友們的激勵，發文貼照的頻率益發爆表無上限，從比讚比耶這類通俗日常照，到各式各樣用餐吃飯睡覺大合輯，還有一些分明有待教育卻誤以為是純真無邪之對話，甚至女兒跌倒撲地時的潰堤號哭，發燒感冒時的痛苦昏睡……都被謄寫上了開誠布公的網路世界，成了每日固定輸出之業配文。

其實我當真無意指摘。一如花樣年華的男女孩貼曬的閃光自拍、出國奢遊或美食名牌，下個階段大夥紛紛成了家，蒂熟葉落，下一代的哀樂歡快成了無可承受之甜蜜負荷。只是就如日劇《寬鬆世代又怎樣》，當全班家長都向老師要求自家小孩在話劇表演時擔綱主角，劇中小學教師松坂桃李抱怨的：「家長都覺得自家孩子最可愛，但客觀來說就是醜的或胖的孩子啊。」

家長們或許取消追蹤了其他家長，但同樣的秀秀圖庫併排登上臉書，對我們這群按讚部隊而言，同一頁螢幕鏡面秀出的可是十幾個同齡年歲孩童各種濛萌餳澀的合輯，是一場癡胖呆傻慧黠可愛立判的軍備競賽啊。

日本女小說家向來對母職體貼甚深，湊佳苗《母性》就在寫兩代母女之愛恨張力；而致鬱女王真梨幸子的《好想她去死》，把新手媽媽之於嬰孩的張力，寫出難以想像的愛憎痛絕。至於蘆澤央《壞事不要來》表面上講兩個彼此依賴的女人奈津子和紗英，只是行到中途無端變調成了本格推理與犯罪。紗英的丈夫先外遇後失蹤，抽絲剝繭到最後，竟然是奈津子下的毒手，且原來這對看似依賴的好友，在敘事詭計隱蔽下，竟還有著另一層更糾結的聯繫。

從反身性來想，我揣想學妹育嬰生活恐怕是充滿痛苦的，唯有貼出那些照片的一瞬，一切才有意義。相比下早些年母職才真是何其堅忍與孤獨的志業，在無人知曉的黯淡密室，與所謂的天職與啼哭不休的嬰孩戰鬥。臉書沒滑到底，學妹又更新了張孩子和醜不拉嘰的塗鴉合照，我慌忙按下讚，猶如泳池底無聲翻攪的乳白泡沫，在此一瞬，這讚也顯得意義非凡了。

封鎖

這件事說來感傷，無論是否牽涉到情愛轇轕，人際關係本身就內建有複雜的因緣起落、海上花開。古早時代若兩造彼此有了那種不共戴天深仇或孽海，到老至殘不往來也就罷了，但社群時代寬頻時代，一切之交流網絡都是以食指、以按鍵、以電波，百或千分之一秒就訊息傳遞完成，那麼將他者隔離的大絕招顯得格外重要。

姑且截圖省略掉那些年我與學妹熱戀時，暖熾熾閃曬情深的似水年華，直接蒙太奇到樂章收束前的終止記號，「封鎖」這概念可以說是整條人際關係裝配履帶、或如蛛網般的情緣到了最終最末，最欲說還休的當口，非得仰賴不行的科幻與虛構裝置。然而在那即時通訊聊天軟體萌芽初期，封鎖還僅只是片面的、或說單向度的事。學妹封鎖了我之後，從此我只得勾眼巴巴望著MSN上，她那只再沒機會由紅轉綠的獨舞人偶，永遠靜止在好友名單的最底層，像再也翻攪不起水花波紋的寂靜游泳池。

即便如此，我們在現實生活仍能行禮如儀，微笑，招呼對方或佯裝渾然無其事地錯身。

進入後臉書時期，封鎖那真可是另一番光景，甚至是一門專業的邏輯學。首先封鎖成了雙方默認體知的現實，封鎖後自動解除好友這點不消說了，爾後因看不到（被）封鎖對象的動態與留言，當朋友與封鎖對象交互回覆留言時，就成了朋友一人自言自語的狀態。那是一個何其幻泡、何其孤寂的場景啊。

學妹封鎖我之後沒多久，一滑開臉書，看著臉友自顧自對著空氣、對著猶如透明人形回話，立馬得知是那隱身了的學妹在鏡面的另外一端。這簡直有如降靈，如起乩觀落陰那種層級的禁術了。好在這兩年臉書動態牆機制更新，留言下方可以獨立回覆留言。從此我再也見不著被封鎖對象的回應。即便他們就在我的前後上下。簡直像張小嫻那句不知道被複寫了多少次的簽名檔——世界上最遙遠的距離不是生與死……

而是我與那些被封鎖卻休戚與共、並存不悖的封鎖友們。

張愛玲有一篇幅不長，卻在爾後屢被徵引互文的小說〈封鎖〉，故事講一對男女共乘叮叮車行進街道途中，城市突遭遇封鎖，於是開展了一輪搭訕。我總覺得這小說意義在於「封鎖」一詞後續衍發的回響。黃文鉅《感情用事》就有一篇同名作〈封鎖〉，寫的就是MSN時代，從此封鎖到彼封鎖的人際對位和錯位。

不過隨著黃文鉅的散文集結至今又隔經年，我不禁懷念起MSN斷代的輕巧、迂迴，晦澀和含蓄。要知道，封鎖這件事只能實作而難以言說，若真遇到不識相不討趣的執拗使用者，硬是要問清楚自己是不是成了我隔絕的對象，那真是史上最尷尬。過去我們還能推說最近繁忙少上線，或登入不了通訊軟體這類敷衍胡話，但人人有臉有書的世代到臨，動輒謊稱什麼要隱居要厭世而棄絕臉書，還真當自己是武當派張真人，閉關鑽研太極拳奧義，這恐怕是唬不了人的。

即便如此渾渾說去，但年少如我也難免勾勾纏著學妹，關心她的電腦狀況何時排除，一往情深騙自己學妹很快會回歸我們的通訊舒適圈，自己不可能是孤零零被封鎖的那個人……其實封鎖與被封一線之隔，本質都是如此脆弱而寂寞吧。

未央

這事起源於上課時的名詞解釋。課程來到了陶淵明〈自挽歌〉第二首，「一朝出門去，歸來夜未央」，即便豁達體貼了生死如晝夜的自然遞轉，然而之於死者，身後的世界必定陷入黯淡闃黑而再無光亮的幽冥。

只是我理所當然將未央作「未至一半」解，還不消徵引費茲傑羅名著《夜未央》，五月天也有一首節奏鏗鏘超燃的〈入陣曲〉，歌詞曰「夜未央／天未亮」。本以為不能置喙辭，卻慘遭同學吐槽。照他們耙梳說解，未央應作「無盡」解，如鹿橋那部民初校園青春經典《未央歌》，青春無盡光年無盡，我暗忖這解釋也頗為合理，這樁公案暫且擱置追進度。

雖讀書不求甚解可能是陶淵明建構的某種幻象，但實際上解釋要默寫、課程得評鑑，實在無法囫圇將就過去。於是乎我進一步檢索論著，是說「夜未央」這詞出自《詩經》〈庭燎〉一詩，央的解釋一開始即充滿歧異迷樓花園。除了未半與未盡，更有未明無光等解釋。我一併查了《未央歌》書題之由來，照流傳之說，用的是漢代畫磚瓦當「長樂未央」的典故。

若說「樂未央」的未央，那似乎作「不盡」來解釋更穩妥。只是遍索字書，央這個象形字怎麼都指向中央的意思。若更進一步辯證，我總覺得這可能是古典時期的人們，對悲喜與哀樂的輪替獨卓的興衰體貼。就像李商隱那句著名的、夕陽無限美好之冉冉光景，如天體運行或黃道宮的界線，只消過了一半等同就是走向衰敗的開始。福禍相倚，樂極轉悲，癡愛成恨。一旦一朝快樂超越了極限，幸福跨邁了顛頂，那就只能一路迎向毀滅災禍與不幸，無盡的悲傷與緩慢的絕望。於是就在夜晚尚未過半，歡快還沒抵達最佳賞味期之前，洞燭機先而防災未然。唯有此際，荒蕪、頹唐與悲傷都還來不及發生、還不至為患。

我頓悟般想起那些年，每當戀情走向後期，學妹對我說的話：「學長，我們以後是不是不會更幸福了？」

即便我倆當初如何珍藏那些細節，熱戀的瓣瓣斷面，翼巧巧將每一個紀念日，賞心樂事謄寫傳抄下來。將愛心或金星形狀閃亮貼紙，以指腹妥妥印熨在少女時期的手帳本本裡，刻舟以求劍般的愚行。但一切仍是大自然啊，像邱妙津《蒙馬特遺書》黃金的盟誓之書翻頁過來、Zoë 對絮的指責：「我從不忠走向忠誠，她從忠誠走向不忠。」再怎麼無盡的愛或渴望，隨地放置就得腐朽枯萎，黃金交叉不復還。

所以不如一開始就不要快樂的極限，也不要幸福的巔峰。唯有當這一切都未完成，仍在攀升的過程，就還有無盡的希望與未來。像被推遲的日晷，像自然課的實驗——竹筷折射的太陽陰影永遠不會縮到最短此前一瞬。那麼這一切是否還有轉圜？

我依舊時常想起學妹問這句話的當晚，我們的小套房裡溫熱異常。玻璃窗外無聲飄落將歇未歇的冬雨，斷續的水珠清脆地敲擊雨遮的壓克力板，無邊絲雨，自在飛花，整個世界宛若一場稍微翻身就要被驚醒的晨昏曉夢。然後就過了，結束了。夜已央，天已亮。我們經常記不起故事或夢境的後半段，因為那些轉折來得太草率太唐突。急轉直下重力加速度似的，終於再不忍卒讀了。

美式賣場冒險記

多年前有段時光，在那座新聞動輒以「美式賣場」諱稱的場所，周遭交通動線還未如今壅塞癱瘓。在會員人數不多，交納會費風潮尚未得普遍共識前，我福至心靈，想到以去逛美式賣場作為藉口，安排邀約學妹大計。

從各種功能實用層面來說，美式賣場真的都不適合約會，也不適合戀人或單純只是亂逛瞎蹓的未成家男女。即便這樣的刻板與投射本身有些歧視的成分。

大包裝的家庭耗材如衛生紙餐巾紙清潔劑紙抹布，大分裝的雞豬牛肉類，無計食物里程數，浩浩湯湯從波士頓、從北海道或紐西蘭空運來的蝦蟹海產，更別說那貨架堆高機層峰相連到天花板邊邊，感覺不太可能耗罄用完的大罐沙拉油乳酪或鮮乳。

但就像瑞典式家具行似的，分明與家庭緊密連結，與戀人無所涉連的場所，又如何淪為了約會聖地呢？只怪那些年的各種不知親身探勘或業配的部落格，大學分享美式賣場特有的貝果、馬芬蛋糕、松露巧克力或乾果核桃。即便在傳統市場就有內容物相仿的商品，但那就是不一樣啊。螢幕鏡面那些來自迢遠異國的食品，奇淫巧技，在那些漫長宛如無底的甬道盡頭，恍若有神光寄居。

事實上，我和學妹大多數在美式賣場的約會時光，啥東西都沒買。除了我展現騎士精神替她排漫長悶嗆的試吃隊列；在急凍冷冽的蔬菜區替她披外套，或她拉起玩具區的大熊怪獸者流填充玩偶，扮成娃娃音逗我之外的濛曖舉措，我們就只是瞎逛。拿起冷凍庫裡沁涼的商品，開啟冰箱門旋即再關上。這宛如村上春樹《遇見百分百女孩》裡動物園散策的荒唐時間，本質就是一種濫費。像邱妙津《鱷魚手記》裡那句格言的複寫，「Run Though，因為時間在，所以要用無聊跑過去。」

至於在文本裡關於賣場，也有各種難以言喻的形容與再現。惡搞電影《聖誕夜驚魂記》，謎底揭曉最後凶手就是耐不住黑色星期一人潮買氣的大賣場保全。史帝芬．金原著改編的《迷霧驚魂》，一群顧客因漫天大霧受困於賣場，固然暫時飲食無虞，卻終究坐困愁城。那麼便利豐饒之場所，成了再無以逃出生天之桎梏。至於湊佳苗《夜行觀覽車》寫一個為追求虛榮與幸福的家庭，卯起來賭上房貸也要搬進不適合其社經階級的高級社區，於是媽媽只得從家管出走二度就業，當起大賣場店員，寒傖與猥瑣，終於難敵周遭的八卦閒語，為了遂行愛與夢想，一不小心就走進了莫比烏斯帶的反面而不自知。

這些年我步入家庭，美式賣場終成了日常所必須。之前戀人時光難以想像的，大規模的柴米油鹽之定期添購，都成了行事曆。在那無盡光曝折疊而成時光機內裡，年輕戀人們依舊連推車也無、趑趄走過一排排高聳貨架。男孩頭髮耷垂的超有型，女孩短熱褲下的青春長腿和緊實肌肉線條。

我從購物推車搬出過去難以想像分量的食材準備結帳，不小心望向隔壁爸媽，媽媽肩著嬰兒背帶，爸爸費勁從推車裡拉出紙巾尿布。耗盡全部的想像力，進入慢板貧瘠、放在括弧裡的家庭能指，這真有什麼值得守護的？如果當真有，那恐怕只是失落的後青春期之逞凶鬥狠，與難以忘懷的羞赧與不堪罷了。

生活是哀愁

我偶然在一次非公務場合，聽了胡晴舫的短講。她提到自殺身亡的昔日師長畢安生，談到她的一些提早畢業缺席而離世的朋友。那些自殺的人們，在黯淡無光舞臺盡頭，發現夢想原來比這個詞發音更沉重的先行者。生命東抹西塗，際遇風雪消磨，快意年少以至於哀樂中年。晴舫說：「在遭遇過這些人，經歷過這些事之後，在到了我這個年紀之後，我似乎才可以這樣說這樣的一句話：其實人生不一定非是我們自己想的那個樣子。其實過著不好也是一種生活。」

社群時代要表演幻夢裡屑末般的美好生活太輕易了。傳照，打卡，直播，美食或異國等交疊敘事。沒多久前才閃曬恩愛的學妹黯淡離婚，她那閃燄燄的臉書宛如時間靜止，再沒了新動態投放進入演算法。另個輾轉聽聞失業了回家依親啃老的學妹，偶爾傳一些無憂而爍金般的閒適光景，唬騙我們也唬弄自己。

生活過得好不好本身再不重要，但必須讓別人看到那美好與甜蜜的月球單一向度，彷彿萬有隱喻，耗盡重力場去配合銀河系自轉也在所不惜。在IG在塗鴉牆，在簽名檔在大頭照。但為什麼不能反過來？不能示弱不能討拍？不能理直氣壯讓馬車變回南瓜，讓自己表演自己本該是的模樣？蒼茫，厭世，哀豔又落寞而感傷。

是枝裕和的電影《比海還深》中，阿部寬飾演一個多年前憑小說新人獎出道，卻經年淹沒無聞的作家。虛擲豪賭，兼職惡德偵探，因付不出贍養費連親生兒子的探望權都即將被剝奪。就在整個故事隨著他這中年爛賭廢材而每下愈況，貌似人生轉落坎陷絕境而再無轉圜之際——阿部寬偕離異妻兒來到媽媽樹木希林的老家，遭逢了一夜魔幻的夏日颱風。那晚電視臺放著鄧麗君的〈比海還深〉，媽媽向阿部寬感嘆她古稀人生中從沒有比海還深的戀愛，而可能才是平凡人該有的樣子。因為沒那麼深所以輕鬆，因為太多做不到的事和達不到的夢想，這才是真實生活。

人生不像偶像劇，不是什麼高潮迭起、暴漲暴殞的世間情。這道理太輕易又太晦澀了，迂迴模稜，千纏百轉。那真正在有如爛泥委地的廢壞裡，掙扎過匍匐過，怎麼都甩不清擰不淨那些瘀瘢的人才懂的生活本質。就像李桐豪替李維菁《生活是甜蜜》寫的光瀑熠熠的評論——由於現實生活充滿感傷與哀豔，所以反過來，猶如算命師的邏輯，欠金補金，缺土填土，匱乏的是甜蜜，因此生活也只能是甜蜜。

所以電影中當阿部寬問兒子未來的志願，兒子答了個聞之嗤笑卻微憂的「公務員」。老爸對分明熱衷棒球卻不以職棒選手為目標的兒子全然不解。只因為他不想複製爸爸這一路以來追逐夢想卻荒腔走鐘終而伊于胡底的生活。

安全的生活，不走偏不犯錯的生活。提早長大熟成，換了一皮囊易哀易感的哀老靈魂，再無夢想只願不再走索導致家庭分崩離析的生活。但父子倆最末還是買了彩票，去孤注一賭那微乎其微的樂透。只是無奈最末連彩票都在颱風夜裡颳颺四散了。人生終究在轉捩時刻不如我們想的那個樣子，一生懸命對賭一把或小心翼翼不再重蹈貳過，無論哪一種都是我們生在此世執拗又綻開的方式。

大網紅時代

學妹星火馳騁傳來臉書的新動態，哪裡的網美和網紅虛擬宣戰，哪裡又是某圈大老和某壇大人隔空喊嗆。從陳恩舊怨到新勢新端，整個網路密室煙霧氤氳，到處是散射的硝煙，埃及藍湖泊暈開的粼粼波紋，像驚擾起整座廣場的漫天鴿鳥。

新世代喜歡以「貴圈真亂」之反身性來自嘲嘲人，事實上比起過去那種以副刊或紙媒，以緩慢典雅方式悠忽筆戰的年代，現在戰起來快速方便，遍地戰神全家都戰神，簡直像電影《霍元甲》裡最激昂又最中二的一幕，李連杰邀請底下的拳師一齊站上生死擂臺，一拳結果一個。

從後現代徵狀來說，像安迪．沃荷那句幾經複寫的紅十五分鐘名言，網紅亮敞敞了前十五分鐘，下一個十五分鐘就得靠自己積攢。加上社群媒體或通訊程式，我們的眼球宛如影集《黑鏡》演繹般，被各種付費或免費強制安裝的廣告片段給蓋臺。自拍，直播，即時動態。就像人們說的社交幻覺，就像學妹每日追蹤著她的同溫層網紅們，按讚，留言，無役不與地投身那些戰端，進而誤以為成為貴圈的一分子，休戚榮辱與共，敵愾時同冷同暖，封鎖後互偎互存。

以前要加入文壇還得讀上普魯斯特、卡夫卡或昆德拉的幾本世界經典，至少能分辨那敘事故事都有夠纏黏的《卡拉馬助夫兄弟們》裡，伊凡．卡拉馬助夫和米特里．卡拉馬助夫的長幼次序。那是文青教養養成的標準流程，如今竟只消滑滑手機，點點螢幕，定時更新動態塗鴉牆就行了。圈圈看似變大了變可親了，再無門道只剩熱鬧，只是這樣的社群這樣的人際網絡真的一點問題也無嗎？

當然與通訊軟體的助瀾推波有關，人人都是明星也是觀眾，隨時給對方評等，只消腳架、自拍棒、行動電源、藍芽熱點，連SNG車都不用就可以上新聞，當偶像——高鐵車廂裡，我座位左邊大學生裝扮女孩才剛剛上車，放下星巴克隨行杯，忙不迭翻轉鏡頭開始線上直播。右側雙人座情侶嘟起嘴伸長手開始自拍上傳。候機室的一群男女高中熱舞社成員架好手機，轉播他們騷弄身姿的雙人對舞。捷運地下街通道團練的花樣少年不顧音量秩序，即時分享其社團成果發表。

自拍時代、直播時代、大網紅們率領其西班牙三桅大帆船之無敵艦隊、以廓清壁野確保航道的大航海時代。那些經美圖秀秀，圖片工廠，幾經美肌鑲嵌微調的照片寄附靈光，影畫近乎降靈，宛若無風帶的盡頭，如動漫般熠熠閃爍著的大密寶。

距離上一戰事役畢幾天過後，另一學妹糾結來訊纏問起著整樁事件始末與懶人包。像離群斑馬窺探那壓根與之無涉的群體，像根本不在太陽系磁力線軌道裡的某顆編碼星球。我拗不過去翻找舊塗鴉牆和粉絲專頁，才發現如逝去晨夢再無跡痕。

再隔了幾週，當初戰得遍地烽火兩造竟出現在同一場合的座談會，雖未標記對方，但面前觥籌錯置，一大夥網紅笑靨吟吟，同溫層旁若無事在底下按讚留言，互粉互褒。一如其反身性的明喻——我和學妹終究是徹頭徹尾的圈外人，在磁力線重力場耗盡之前，在還沒被整個星系給甩開、量子退坍縮成彗星或白矮星之前，勾眼巴巴望向一整座星光熠熠的銀河系，就算發不出絲毫光亮，依舊努力繞著恆星，就這麼公轉自轉下去。

我看倒像塊綠豆糕

學妹寫了一篇文章，綠色迷幻風格融合藍色憂鬱，當她拿給我看時，我雖無大食客外號卻忽然感受到巨大之饑饉，於是乎喊聲出來，「啊我看倒像塊綠豆糕」。

上述一段純屬戲擬，但事實上〈雅量〉這篇歷久彌新不衰的神文，因被收錄了那些年的中學國文課本，這幾年除了反覆成為被擬仿致敬逆崇高之外，更每每成為鄉民網友複寫成了惡搞的廢文。說起「國文課」這個放在時空劇烈變動，國族認同與意識形態夾纏的括弧裡概念，以及「國文課本」這怎麼看都流露出傅柯權力機器建構的產物，實在太多欲說還休的秘辛與怨毒。

由於我出身中文系科班，學弟妹不外乎任職出版社、中小學或補教界，加上我之前出了本與國文教學有些關聯的書，於是乎我和教育界學妹之論題，多半圍繞著關於國文課程與課文。就我所知這幾年來不乏有對國文課程進行深入解析、翻轉，辯證甚或反思的著作，如謝金魚《崩壞國文》，厭世國文老師《厭世廢文觀止》，或陳茻《地表最強國文課本》。但說起來文學經典的生成與演變，論起課本之選文，牽扯之廣泛猶如綿裡針頭，草蛇灰線，所謂的「經典」早已脫離原本「恆久之至道」文謅謅的鐵板一塊，而以難以想像的錯織而幻美之軸極，像左手安培定律那樣，拉出一道道豐饒又難以釐清的磁力線圈。

就拿另一篇幾經網友改作嘲戲的朱自清〈背影〉來說好了。確實〈背影〉摹寫出了父子隱晦又細膩之情深，尤其是網友擬代甚夥的穿越鐵軌冒著生命危險撿橘子的片段，但朱自清的美文優文自不少，民初諸家更是繁盛豔異，寫父親的背影就如同胡適寫母親舔眼翳之類的瑣事，不過就一般般的親情散文。以其素質密度，在這個以各種獵奇虛構身世投稿的文學獎年代來評量，恐怕連佳作都有些困難，實在稱不上什麼本色美典或文學典律。

但偏偏這類文章就是以穩固敘事姿態，收錄進了國文課本的大主體。那麼我們只能揣想這樣的作品可能有其宣揚的基本價值，氤氳發散出有如真善美學思達此類的正能量。只是我疑惑的是，在眼前這個動盪、暴亂、朝難保夕的小時代，隨時都得衝撞體制，反抗威權的時代語境，原文裡所謂的「他看日出／你聽鳥鳴」之雅量，會否只是鄉民所謂河蟹的另一種複寫？是黑箱是喬事的另一種變形？

從這角度來說，經典充滿了太多不恆等之質數，與時俱變，像劉勰《文心雕龍》說的「設文之體有常，變文之數無方」。我和學妹論到最後，大概就是我們得從這些看似無謂也無用的典律文裡，穿越後現代式的戲擬與嘲訕背後，發掘其惡搞又認真的新價值。

在同名散文集《雅量》裡，宋晶宜提到她年輕時這篇文章就被選入課本，一瞬倏忽走進了網路大爆炸時代，她很擔心年輕學子們再也沒看過明日黃花般的手寫稿紙。幸賴近來手寫字風潮重開，娟秀字痕謄寫上了釉綠色格線的手感，讓人念念惜惜。這麼說來，我輩似乎也不須對課本典律之生成過度憂患或悲憤。時隔多年諸事移往，即便有一天再沒了稿紙沒了布料，只要還有綠豆糕一切就不至於煙消雲散。

輯五

給追求夢想的你

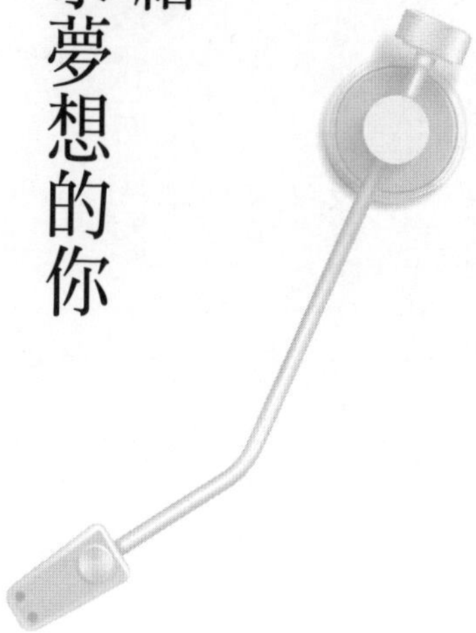

努力做夢，不如努力維持清醒

午後喪屍電影

這陣子有波韓國喪屍電影瘋狂洗版，批踢踢更是炒作陰謀論四起，這讓我想起很多年以前，陪著學妹沒去找冰塊、卻補完了一系列如《活人生吃》、《屍樂園》、《28天毀滅倒數》等經典喪屍片 Cult 片——那樣有如百分百文藝濾鏡折射出來的靜好時光。

即便有影評沿波討源，有認為喪屍類型電影可能得上溯到歐陸黑暗中世紀的德古拉吸血鬼傳說，但我總覺得美系喪屍電影除了裸體屍體的血漿惡搞外，更內建一西部拓荒式的用槍時機示範。要知道，早期黑幫電影那種大馬哥小馬哥一言不合就翻桌，滿街全城槍彈漫射，巷戰駁火，宛如化外冷酷異境的超現實設定，套進眼下這個守序、勉堪稱安全的法制化社會，就略顯違和的。即便好萊塢盱衡時勢又搞出一系列恐攻諜報戒嚴大災難，但要看那種最純粹的——槍槍爆頭、拳拳入肉的馳騁爽片，那真的還是得召喚大群喪屍來顏值擔當不可。

無論是病毒或基因變種，那些曾經是人類卻因死而復生再無靈魂的擬仿物，他們在電影裡的功能早被設定好了，就是用來展現美國威力強悍的槍枝文明。

因此，還不用講什麼暴力美學者流文謅謅術語，美系喪屍片必備的自動步槍、衝鋒槍、霰彈槍近距離炸裂，接著就是偽造的甜滋滋血漿到處噴濺，還必定得沾染上攝影鏡頭。「凝視即慾望」，拉岡說。最重要的還有不太日常的瓦斯筒汽油罐，爆破的特效決定喪屍片的爽度，光燄瞬綻、火球閃燃之三百六十度環繞軌道鏡頭加慢動作，就在眼瞳眉睫眨動的幾秒鐘，數以十萬百萬計美金就這樣燒掉了，殘臢標準全景之滿地焦黑喪屍殘肢。

相對把這種活死人或喪屍設定，移植到了槍枝軍火沒那麼氾濫的亞洲，那麼美系喪屍電影裡阿公阿嬤人手一把烏茲衝鋒槍，哥哥爸爸背包隨便掏出榴彈砲的情節，顯然也得改弦更張。亞洲版本喪屍殘體狂奔，利牙撕肉之際，更側重的卻是親情、愛情、人性的辯證，在高度求職升學競爭裡傾軋的人們，面對末日災難與率獸食人的實體化，他們的自私與殘忍，大愛或犧牲。這可能是《孟子》那個亙古的辯證，人類與活屍到底相去者幾希？

就我所知的文本中，最狂的大概是之前熱銷的《傲慢與偏見與殭屍》，作者以《傲慢與偏見》原著一字不改，添入喪屍橋段，這種看似惡搞，實則讓珍・奧斯丁逆妖魔化再次寫進了小傳統輕經典的文學史，或許代表的是喪屍文類之方興未艾。而伊藤計畫的科幻小說《屍者的帝國》，雖同樣有活死人卻不是那樣洪水猛獸的災難場景。人類或活屍之間輸出攻受有了更多層之辯證。

也就是如此，當代喪屍電影多少都有讓文青獨沽所在，看看威爾・史密斯的《我是傳奇》，雖然仍有準星爆頭讓子彈飛的血腥橋段，但末日到臨死絕滅盡的荒原，最後一個人類如何異於禽獸不可同群，像那則國王最後不得不啜飲瘋泉的童話，及其隱喻。

因此很多年後學妹發了一則喪屍電影的深度文，記憶的觀景窗裡人影被光瀑拉長，炎湧雪飛，最後我們也再分不出哪些人那些活屍的真正區別，像一場無盡的梵天大夢，像《百年孤寂》那雋永又魔幻的開場，那個共享喪屍電影，時間像雪球靜止晃動的永恆午後。

夢想的悖論

電影《樂來越愛你》（*La La Land*）引發話題，除了那種老派而勵志的劇碼設定——流落酒吧賣藝為生與現實妥協的鋼琴家，在好萊塢小咖啡館當女侍卻真心妄想一朝暴得大名的小演員，以及夢想、愛情與殘酷現實的辯證。《樂》的導演在前作《進擊的鼓手》就曾纏纏碎碎挑了這樣亙古的主題來闡釋，天賦的才華與不懈的努力，真正的天才到底是哪一種？是渾然天成無須雕琢就讓世人驚豔的神童？還是堅持不放棄，經過魔鬼訓練而硬挺下來的傢伙？

而《樂》劇中女主角完成了她孤高晦澀、唯獨自賞的獨角劇，男主角則背棄了古典爵士的堅持，選擇一份穩定且有著固定粉絲樂團鍵盤手職位。這故事設定拉出來的二元對立聲線很清晰——是要放棄夢想與現實妥協、獲得安穩的生活甚至功成名就？還是要堅持理想交出孤絕避世的作品，如艾瑪．史東謝幕那黯淡光景，舞臺燈光一霎給燃亮，這才驚覺臺下觀眾稀落冷清，連場租都付不清……

這可能是每個藝術創作者都曾經過的自我詰問——是要貫徹自我的美學理想，相信觀眾有朝一日能認同自己的堅持？還是與市場妥協交出討喜賣座而再無靈魂的媚俗之作？但我總覺得其中難免有悖論，試想身為寫作者，在這樣一個出版冰風暴，景氣傷寒冬的時代，就算自己如何配合出版社，透過細膩的市調，綿密的行銷，直球對擊市場缺口交出符應市場品味的作品，但銷售結果還是失敗不若預期呢？讀者仍然不買帳呢？堅持理想與熱情讓人們感動，放棄堅持選擇妥協與惡魔訂了盟約，難道沒有繼續一敗塗地的可能性嗎？

我忖度這才是如荒漠般的現實世界吧。不若《浮士德》裡那理所當然的出賣靈魂與否的抉擇。如果放棄夢想後仍然伊于胡底呢？如果鬆口了妥協了改弦更張了，最後仍一無所有呢？如果我們壓根就錯估了所謂的通俗與典正，誤涉所謂的巴人下里，流俗與市場的能指，那又該如何是好？

過去這幾年我開始寫些人文普及的推廣文，讀者相較我過往自許文藝教養、調度熠熠光暈完成的散文或小說來得多了些。只是曾經與我共擁同織玫瑰色幻夢，相濡以沫度過文藝少年少女時期的學妹，青鳥偶傳雲外信發來訊息，質問我這些不變而流俗的風格，指陳我的枯槁、乾涸，凡氣盡露。最後學妹總不忘加上這一句——「這不是你真正想寫的作品吧？」

就我所知的文學史昭昭典故裡，太多那種關乎江郎才盡、此後文風不外乎鄙詞累句的典故，那些彩雲若錦，斑斕到無以逼視的生花妙筆，一個曉夢乍醒還寒時分，就這麼被沒收了奪走了，像大江健三郎《換取的孩子》寫的伊丹十三及最末的童話隱喻，從此光寂影滅再無聲響。真的是這麼一回事嗎？

往日崎嶇，風煙日暮，到了某個年紀後我等才終於體貼到夢想本身就充滿悖論。當堅持成了一種偽裝或表演，那樣的夢想未免太廉價了。我們幻見中的藝術家摧枯拉朽、吃草吃土也要堅持創作初衷絲毫不妥協，終於長日將盡殘了老了，世間東塗西抹，千里馬終遇伯樂，那些放棄的轉向的成了懦弱怯戰者，理所當然地被文學史驅逐。

只不過這樣的夢想，充其量只能當成熱血動漫的封面彩頁罷了吧。

臺北女生猶可愛

人文地理學向來對城市書寫有其深刻辯證，人們生活在一座城市之中，卻同時反過身來建構城市，而城市裡每道廊衢巷弄，每處花草俯拾都處於被再現的瞬間，文本與空間相互定義指涉，終成就而今的模樣。

許菁芳《臺北女生》出版之後，有說其臺北女生的跨世代教養與品味，有論其如何承繼《擊壤歌》系譜者。《臺》書中最入微透膚者不外乎寫臺北女生的城市入族式——「臺北女生往往有一個不是臺北的家，在過年過節的時候要回去。她會從小小的租屋處，光鮮亮麗地拉著行李去搭捷運，搭到臺北車站」，羊皮卷複寫裡的臺北女生喝星巴克耳掛哀鳳耳機，星火兼程趕坐高鐵，待安頓好座位，即刻翻轉鏡頭，視訊自拍或直播。臺北不是她的家，即便家鄉也早有了霓虹燈，但無論回到中南部哪裡的原鄉，她們都得是臺北女生，那麼名正言順、氣宇軒昂，不容駁雜一絲黯淡雜質。

與其說《擊壤歌》，這樣徑路更讓我聯想到文字密教典律的朱天文〈世紀末的華麗〉，那篇小說裡的女主角米亞和愛人虎狠狠吵了架，憤而跳上公路局離臺北索居，這才發現她要失根而萎。但臺北女生原本就內建有療癒抗原，自戀自憐猶可愛。

每當論起這地域之區異認同，我總覺得女作家才能體貼這不思議的深刻。就像那首名曲〈女人何苦為難女人〉，真正善於引戰南北，勾弄真假臺北女孩對決的多半是女生。我曾交往一學妹就住正東區，核心區蛋黃區，那些年朝秦暮楚接送她往返都心，勾眼巴巴望著整條復興南路市民大道的車流龍馬，嫣紅姹紫，全世界都燦爛都獻給熱戀的人。

我驚詫於學妹熟知她們班系裡其他女生之戶籍，及其後聯結的階級、身世、文化資本。誰來自中南部，誰來自當時猶稱為北縣的新北市……一如像東京二十三區面對遲到搬入首都區外來者，像曼哈頓對於紐澤西被涵蓋進大紐約的鄙薄。這箇直宛若桐野夏生小說《異常》裡，Q學園區辨的「外部生」，遲來早到，世代棲居的住民們與爾後市區改正，首都圈重劃都更後的他者，透過無限微小的細節，扮裝，文化小劇場，展開一場又一場天河撩亂、敵我難分的亂鬥。

不得不然啊。吉田修一在《天空的冒險》描寫羽田機場的慣見場景，那些上京讀書的學子們，難得回一趟家鄉，努力表演出真正的東京人樣貌給家鄉父老瞧瞧。一刻不得鬆懈、不得停止扮演，否則侍從成了老鼠，南瓜變回馬車，玻璃鞋如玻璃心碎屑滿地。

反正那些都是假的。學妹如此洶洶昭昭的定義。假臺北女生。我擔憂起自己是否眼睛也業障重了。確實，這場操演秀太多細微難辨的眉角，我仔細判讀其中的理論寓意，像巴特勒（Judith Butler）理論說的操演——臺北非得一直扮演女生，就像臺北女生得一直扮演自己不適也不對的模樣。哪個學妹畢業後枯領專案助理低薪卻不願離開求學時即蝸居的臺北；哪個學妹移職去了外地週末仍驅騁高鐵往復，只為了在臺北多勾留一夜的癡美幻夢。

何苦來哉？就像卡爾維諾《看不見的城市》所說，學妹們終究有離開的一日啊，但臺北會被留下來，成了那些象徵背後的永恆場景。

臺北失戀地圖

我其實超恐慌於尖峰時間開車上路，尤其在臺北。

說起來我駕駛技術不算太差，摒除那些太誇張的猶如電影《玩命關頭》般、在狹隘橫衢巷弄會車，或不思議之仰角坡道路邊停車這類神技，基本沒有太大問題。雖未具備有大航海基因但方向感差強人意，雖尚未如小黃老司機般在新北市如微血管又腔膛的小徑裡猛切亂竄，但即便在尚無導航的年代，我仍可以在臺北市中心各區穩健駕駛，單憑著學妹副手座東抹西塗的草率指揮，就足以妥穩穩轉進濱江街，找到接榫上新生高建國高的引道。

當時我常常在想，對臺北之交通路況瞭若指掌的一是計程車運將，其次就是我等這樣朝雲暮雪準時接送不悖的工具人了吧。

我無意今是昨非痛悔往昔的工具理性，只是陽剛幻覺投射下，那種騎士風範優雅掀開車門，或帥氣飄撇磔煞甩尾，架起中柱有時還叼著菸（雖然我從不會抽，但這幻想又要害本篇被加註禁菸警語），就那麼勁帥無敵等著佳人翩翩而來，新妝粉面下朱樓。宛如哪一支摩托車的廣告詞——人的能量決定車的力量，男人車帥女人好愛之類的。

於是乎我的臺北地理學，就在載著不同的學妹、往返於她們位於蛋黃或邊緣區的巷弄的時光裡，日生日成終於習得。就在那狹路間用盡氣力錯車，在馬龍流水的繁忙車流路肩找地方臨停，在錯織架疊的高架橋內外找匯入的閘道……多年後我寫了一部長篇小說《臺北逃亡地圖》，付梓後沒太多漣漪回響，但獲評論最多的竟是書中對於城市對路線拳拳架構起的地理拓樸學知識。

那種對於交通路況的先覺，恐怕不是以公車捷運往返的通勤者得以默會。是要真正開車上路，在尖峰時段塞過市民大道，在週末好市多�車潮中仍要接堤頂交流道的資深駕駛人，才真正能有所體會。印象中吉田修一《惡人》的凶殺案就起源於工具人的逆襲——男主角清水祐一誤以為有機會與露水因緣的石橋佳乃復合，未料佳乃看到前方小開的奧迪名車臨停路邊，毅然拋下約好的男主而琵琶別抱，寶馬別乘，於是招惹身殺之禍。

也確實，雖然每每隨著戀情終結，工具使命役畢，我想起那些虛擲的青春花朵（有時還有油錢），難免哀感自憐悔不當初，但經年日久，我也開始著迷這繁忙壅塞路況的一瞬美景了——路口的號誌倒數讀秒，小綠人由動轉靜，折射著的車燈炫光和　亮板金。整座城市恍若一枚嚴密織縫的繭，每條肚腸般的道路都像分歧河道，像蝴蝶沾滿金粉的輕薄翅膀，細紋在夜空中熠熠發著光。

那麼再也無妨了。即便學妹依舊端坐她的副手席，顒望前方一整排動彈不得、連綿天涯的鮮紅煞車燈，無憂無傷說著那些白雪公主或斑比如芭比的嗔嬌傻話。我將音響鍵扭大，直到她的聲音像游泳池底的淡藍色碎沫越飄越遠，一如喇叭傳出來的那首五月天或梁靜茹的歌。

這或許才是接送這檔事最核心也最浪漫的真諦。一對戀人就這麼憑著指針羅盤，風塵僕僕行過半座城市，道阻且長，風雪消磨，宛如一場沒有終點的公路電影。如今這些里程的指針沒再更新晃動，但只消憑那張幾經刮除的地圖，就足以到以後，到未來。

做工的作家們

林立青《做工的人》引發話題，那些細膩而辛酸的工地百態，勞動者肉身道場於社會階級裡轉落的浮世百繪，加上作者親身親歷的手筆，解析與實錄，輕易就拳拳解構且打臉鄉民或文青唬爛的、偏差且污名的8＋9論述。

只是文章瘋轉上了批踢踢，學妹轉來論戰紀實，從本國外勞比、薪資以至於工地安全，留言串硝煙迷濛，一輪戰到最終端，學妹終究還是被酸民嗆了句「你有在工地待過嗎」的實證主義。就我所知工人出身的寫作者向來有珠玉之作。暫且先不論強國當年的工農兵文學，或文革時那一輩插隊下鄉，創造出尋根與先鋒的黃金艦隊作家群，臺灣也有楊青矗這般工人出身的作家，也有陳映真這般以勞工為題材的作品。

更進一步來說，時至後現代了，做工何止頭戴安全頭盔、鷹架走索的硬派肌肉勞動？二十四歲就離職結婚的桐野夏生，出道前身經多年專職主婦，爾後才開始接寫少女言情小說，無論是《走向荒野》那般主婦辛酸淚盡付荒原的公路電影，或《OUT》的二度就業的主婦便當團隊共用同一輸送履帶聯結的悲摧身世與革命情感，除了強大女作家敘事的虛構調度，恐怕多少融合了個人經歷。

石田衣良畢業於不見經傳的私校，以小說家出道前幹過鐵道工、保全，還兼職過倉儲管理，成名作《池袋西口公園》書中，全幅細寫出午夜十分，秩序繁華的東京街頭另一面——那些混跡公園裡的幫派遊民古惑仔，龍蛇混雜，活色生猛，各路勢力如何合縱連橫、共同偵查推理謎案。至於吉田修一在《熱帶魚》裡描寫的與未成年少女合意性交，案發後卻屢遭非議的搬家工；《惡人》裡亟欲洗淨手掌沾染泥水才不至於被援交妹鄙薄的拆除工……摒落那些推理、娛樂設定背後，那是真正的勞動者姿態，被資本被機器被社會流動壓迫到最底層勞工的側寫。

臺灣這幾年穩居暢銷榜的東野圭吾，出道前也當過科技公司作業員，他有幾部作品從本格派社會派二元脫身而出，從核災、工安意外一路寫到科技發達造就的認同危機與人類浩劫。名作《麒麟之翼》其中一段就是派遣作業員因不能任意停止傳送履帶而身歷險境，職災發生後工廠企業為求自保連就醫程序都省略，就為了規避職災傷病的給付，同廠作業員更被下了封口令。直至東野圭吾系列小說裡著名的冷硬偵探加賀恭一郎抽絲剝繭，終於戳破這樁無良企業的黑幕。

除了如藥酒廣告般向臺灣經濟奇蹟幕後的無名英雄致敬，並小心翼翼避免流於獵奇陳設，摒落複寫紙油墨暈染的另一種刻板印象，我更期待這些故事終能加入虛構機制，進而成為我島小說的養分。這可能才是真正的放進括弧的文學，不那麼錯誤正確、黑白結構森嚴、非優即劣。一切都模糊都矛盾都游移的瞬間，進而生成出文學經典的真正面目。

就像海明威的那句名言，每個人都能寫一部經典作品，那就是自己的人生。但我更在意的是當做工的寫作者也運筆如斤閃閃熠熠，下一部專屬我島的勞動者之書，是否真能如應許的繁豔之花那般綻放呢？

異托邦之夢

媽媽因跌倒骨折住院，雖不是什麼性命之虞的重症惡疾，但當我從外縣市趕赴來到醫院時，她正準備推進手術室。無論是確保無菌的低溫空調或不透光的自動滑軌鋼門，都在在隱喻醫院的冰冷。我想像手術室內裡那些銀晃晃、整齊排列的器械，無影燈敞亮亮照耀。完全不像阿多諾（Theodor Adorno）那句格言，創傷不容再現，一點詩意也無。

現代醫學內建以各種嚴密科幻的治療方式，但醫院終究是傅柯描述的「異托邦」（heterotopia），病房內裡運行的是一種別於外界的時空維度。身體從原本自然的，由自己掌控的主體，突變就成為了過渡物或排他物，成為比能指還虛擲的隱喻。曾經擁有的肉身一旦進了病院，不得不成為科學的理論與數據，宛如實驗室蒼白幼鼠那般，再無社會意義或倫理功能。

但事實是即便這幾年對醫學極限與臨床急救更進步了，每當長輩大限到臨了，只因哪裡的親友還未來得及見最後一面，這時就得要靠氣切插管葉克膜，所謂的存活化約成了數據、量化成血壓心脈或血氧量。但又能如何？人生幻夢，世情轇轕，太多的道恩道歉道別殘念未了。這可能就是醫院之為異托邦最核心的示現。它是一種幻覺，是用以收容疼痛，增生，異常又歪斜的場所，因為有這些異常，我們在醫院之外的人足以用一種想像的健康與正常，繼續苟延殘喘。

媽媽的那位年輕主治醫師、一面說明著手術過程與日後治療復健程序，一面不知所謂敲擊著桌緣、宛若《半澤直樹》拍桌魔人那樣的偏執口吻。護理站螢光屏幕輪播著一張張打亮的X光片、CT、核磁共振的照片。骨釘的位置效果功能，以及解剖學複雜的肌理截面。肱骨癒合後的活動幅度，「旋轉肌袖」斷裂的沾黏，那完全是與正常、健康人體反身的硬幣另外一面，穿透游泳池水面的複製鏡城王國。

關於醫療體系的封閉與粗暴，山崎豐子《白色巨塔》早已成經典，侯文詠亦有同名作，爾後分別影像化。日劇版由唐澤壽明顏值擔當，擁有超高外科手術技藝、卻誤入名利慾望歧途而難以自拔的財前教授形象，早已跨世代植人心。我想這理當才是真正的文學作品。善惡正邪，墮落與救贖都難以一語道盡，即便拯救性命的天職卻又包裹以各種蠻橫與算計的空間。

同樣將肉身道場的醫療體貼寫得透肌析骨的，大概是張萬康的《道濟群生錄》，九十二歲老榮民萬爸，先是骨折入院，爾後併發肺炎。小說至此畫風突變，開出了章回小說格體，分明成了《西遊記》續衍。由於孝子萬康感天動地，於是漫天神魔就在萬爸床前體內，展開一場場生死交關的惡鬥。其實現代醫療充滿辯證性，一方面新藥新療法威猛無敵，但各種反噬的副作用卻也鯨吞蠶食，身體被區異成好幾個科別，各功能之廢退代償，大割大引再小復小健。但將身體作為病例的同時，是否記得他也還是誰的父親母親或誰的兒女，這可能是文學與醫學最內在的差異。

學妹安慰我當前的注射或副作用都是暫時的，是既定的療程。臨出批價大廳我回望這幢高聳如巨塔的病院，像梵天做的那場整個世界如繭的大夢。只是就算離開幻想回到現實世界，也難免晃蕩而失真了。

夢想的盡頭

學妹轉貼了那支已經過千百瘋轉的五月天〈頑固〉的MV，其實何止於此，開學走入學校，除了笙歌未歇的補給站，就是各系館前團練迎新宿營的人潮。顯然新世代志同此趣要把這首歌當作餽贈給新鮮人的主題曲、但卻又可能是未必能遂行之大夢，播放器內建以阿信激昂轉折的聲線，騰湧動感，振奮人心。

但該怎麼說呢？放進括號裡擱置的「夢想」本身就充滿太多辯證，這些年熱血動漫如《海賊王》、《火影忍者》當道，熱血努力勝利之方程公式在某種運動的密集競賽，或短暫拚搏懸命之升學測驗裡，或許真能奏效，但說到底追逐人生夢想這事，可是一長遠綿密、且與背裡的資本際遇潛規則息息連動的大目標。

雖不願直陳其弊，但如今低薪低成就摧枯拉朽的我島，年輕世代要不就是將夢想白矮星化成了什麼買手機環遊世界，再不就是奢言創業購屋卻完全無法抵達能指所通往的錨定點。夢裡尋夢，夢想不得不淪為夢境。

論及此我經常想起諾蘭在電影《全面啟動》最後一幕——全心討索回憶裡兩稚孩真實臉龐的李奧納多，終於從層層夢境警醒，得返家鄉，他一對兒女興奮朝父親急奔而來，只見李奧納多又驚又恐，忙不迭擲出他那只用以分辨夢境與現實之陀螺，夢為遠別啼難喚，就怕這陀螺旋轉不止，自己終究身處於夢境之中而渾然無覺。

到這我才真覺得此電影堪稱神作，比起寓言的蝶夢莊周或傳奇裡的南柯蟻穴，將夢境之迷濛悠忽，荒謬與詭譎辯證到了最細膩的層次。

日後諾蘭在一次為畢業生的演講中述及此段，說陀螺正提醒我們，不要活在夢想裡而要活在現實裡。雖然硬要說就成了當年被少年們鄙視的大人模樣，像一攤死水或油漬滲進水窪的髒彩虹。但事實是——擊潰夢想的從來都不是它太遙遠或太艱難，而是現實世界的殘忍。大家都知道夢想和現實妥協，但夢想彼此之間又互相牴觸。只因我們還身處在這完全不是玫瑰色的現實裡苟延殘喘。

相較於五月天之珠玉在後，把這種少年週刊式的夢想辯證到最透膚入髓大概是池井戶潤的《下町火箭》，還有什麼比分明繼承中小企業町工廠，卻孜孜研發火箭閥門專利、妄想終有一朝能穿破大氣層的夢想更憨膽傻勁？日劇版由阿部寬憨人擔當，但讓我意外之處在於——即便大和民族自幼浸淫熱血漫畫，卻仍豢養出許多現實家，錙銖算計著純淨夢想背後骯髒的金流盈虧。這可能是文本的潛臺詞，夢想再怎麼不實際，仍得依存於現實世界。

點開學妹轉的ＭＶ才十秒鐘，就看到梁家輝掏出周身銅板，好容易湊齊零錢捨便當買科學雜誌的第一幕，即被莫名荒謬給震懾。對稱到現實世界，出版業衰頹，實體書萎縮，根本還不用到末日最後一個便當的窘迫饑寒，雜誌可能就是購物序列最末端的不必需品。更何況在那個肉身道場真實的痛或餓摧殘下，在一切初衷或格言再不奏效的悲摧現實幕前。

但我又不忍關上ＭＶ。畢竟這可能才是夢想的本質。虛擬的，假造的，去現實感的，很遠很美的幻覺。像村上春樹《1973年的彈珠玩具》引康德的那句格言——「哲學的存在是為了消除幻想產生的誤解」。在夢想盡頭或跟前，恐怕容不下哲學。

賣書時機

前陣子我有本書出版，即便編輯與我用那種自家賣瓜攤商的審美觀，覺得它是本知識與諧趣兼具的作品，但在如今調度凜冷或嚴峻等詞彙都不足以形容的出版業現況，奢想書何如行銷何如大賣、像掀翻康寧鍋那樣熱氣蒸騰起話題，都顯得迢遠而難以企及。

面臨產業之衰退，第一時間通常會想到什麼轉型或藍海。我本科讀的是中文系，太多學妹在出版業抽芽散葉。就我所見她們無論編輯或企劃擔當，工作之細膩扎實毫不遜於過去這行的全盛時期——朝暑暮雨的聯繫收稿校稿，假日虛擲含苞瓣時光、以逆一例一休之爆肝法則，跑新書發表會簽名會、安排作家活動受訪，各種直播對談外拍抽獎巧技都用遍了。但現實就像一只不知怎麼就走慢的錶，機芯裡哪枚螺絲栓榫就這麼卡住了，整座產業鏈急凍，宛如希臘神話裡被黑帝斯帶入冥界的春神波瑟芬，此後一絲春暖景明的救贖也無。

而根據編輯學妹的親身觀察，隨著賣書榮景再不如過往，這一整個世代，無論中堅或經典作家都得親身縱浪臉書之海——無論是提煉語言礦脈，鍛鍊後設技藝的世代，還是以超高頻率專欄和即時直播拚搏、號召以數萬計洶洶粉絲團的世代，但儘管這些奇花如何幻美芬馥，仍不容易反應成銷量。

到底孰令致之啊？我盯著那些銀燙燙、閃熠熠的書封折口，腰帶上氣勢磅礡的長串推薦人，然後想起布魯姆在《西方正典》介紹的那些霸權經典和隨之而來的憎恨學派。如果這一切都再堆疊嫁接無意義，那我們整座文明城堡是否真有煙消雲散的可能？

東野圭吾《歪笑小說》走出後設的格局，寫一悲摧主角、姓名和他自身致敬的熱海圭介，以硬漢動作派小說《擊鐵之詩》獲得新人獎，故事設定為一獨行遊俠與黑手黨、美國中情局對幹、搶直升機的怪異情節。這本書銷量奇差，但熱海卻始終以作家滑稽形象走跳文壇江湖。若對東野作品博讀者，大概看得出來這本看似荒謬的小說貌似還有所本，就是他自己那篇爾後改編成電影、講一反核信徒綁架超大型直升機、以墜機威脅敦賀核電廠的《天空之蜂》。假作真時，這麼看那些窘迫橋段，真讓讀者笑著流淚。

如果一切行銷策略都正確無誤，那麼不如反身而行。我想到的是臉書每隔一陣子就沸揚揚一發的愛心瘋轉潮。哪一家老店攤販、布丁店或水餃行，只因出了客人填錯訂單這類烏龍，就此銀貨無訖帳對不上，而店家誤弄來一整倉庫存的食材或成品無法銷售，只好跪求好心民眾幫忙認購。新聞前往採訪時，往往還得搭一幕惹人哀憐的老嫗佝僂背影，就這麼愁苦低眉料理或包著餡料。

於是乎十百傳播，店門口萬人空巷龍馬流水。那麼將這樣愛心氾濫發酵的最美風景，作為賣書的題材或時機，豈不也頗可行？於是我勁搞搞地和擔任編輯的學妹提出我這個神鬼般的行銷卓見。

「我想到一招喔，能不能請你們幫我上臉書去狂貼，說這本書原本印量僅有三百本，但一不小心多按個零印成了三千本，如果賣不完我們都要流落街頭了，跪求網友鄉民幫忙銷庫存，功德無量，認同請分享。」只是銀晃晃反白的空格鍵在視窗裡閃爍著，學妹再也讀過不回了。

求偶

提起這事未免有些羞赧，但我大學念的是中文系，系所內生員男女比例，呈現一極端之懸殊落差，外系或許以為此間會發展什麼靡靡豔福，像王國維《人間詞話》形容李後主「生於深宮之中，長於婦人之手」，或大觀園裡的賈寶玉，弱水三千那般放題喝到飽。

但事實之無奈在於，除可能淪為幫忙介紹正妹的掮客外，每次系上熱搞搞辦聯誼，對象都不外乎醫學電機等陽盛陰衰天秤另一端，斷然沒我等男生的份。如江湖傳言般，聽說某年某屆之某個阿宅誤判敵情，跟著女同學浩浩湯湯去了什麼竹子湖擎天崗那類的聯誼聖地，結果玩起觸電支援前線的小遊戲時，他因完全分不到隊而黯淡中離。

畢業後我有些因緣，隔段時間就與幾個同學學妹聚餐，小團體裡約莫有一或兩個單身學妹吧。而其中一個早婚嫁給工程師的熱心雞婆女同學，硬邀請了她老公的男同事，大亂鬥似的摻入我們的聚餐，明則曰替單身的學妹索覓良緣，暗裡其實是炫耀自己無敵無畏無以凌駕的幸福人生。

這事說來隱晦又曲折，恐怕非得是典型異女才懂的敗犬階級論。沒戀人的單身狗肯定排序在種姓制度之最低階，而後先求有再求好，寧可爛勿可缺，工程師、醫師、律師等一串社會菁英職業，反身轉喻的是作為情人或妻子的話語權力。當年上一代女性主義嚷嚷的經濟獨立或性自主，到了新世代全都要的陣營，最後還是淪為了「我老公如何如何」大作戰。那種「你們看我嫁得很好，希望學妹向我看齊」的殷殷父權再製與拳拳異女霸權，看得我無奈卻又只得偽作大方，熱烈歡迎其他雄獸加入我們巢穴。

接著就是男同事蒞臨當晚，與想像中年薪百萬工程師頹宅形象迥然，精緻奶油的五官，潮潮的穿搭，妥妥的應對，和從我的座位望去怎麼都顯得有點膠黏黏的髮蠟。就像國中時生物課本裡的那種奇珍配圖，孔雀開屏、深海魚把鱗片置換成為高亮度螢光色，或南美洲叢林某種樹蛙，鼓起顏色鮮豔的腮囊宛如快爆炸一樣。那一整晚的包廂長桌前，四周空氣漫漶著費洛蒙和蛋白質碎屑氣味。

與大學聯誼時女生班的男孩被晾在一旁顯然有別，男同事看到我，忙不迭掏襯衫口袋，來一齣遞名片秀職銜的社會化流程。回想那時，我們其實不過就二十四、五歲，新簇簇名片尚無履歷可謄寫。而今回顧這一章回的套路，實在很像動物星球頻道，公獸們為爭奪交配權，狹路相逢，動物感傷那樣冷靜地互相觀望、虛張聲勢，張牙舞爪，對幹前的暴風雨平靜，這很難不讓人聯想起《孟子》，想起那段著名「人之異於禽獸者幾希」辯證。

想人類勞耗如此心力，如海灘前沙堡雕砌般，層層鏡像建制起來的文明與禮教，卻那麼脆弱，不堪一擊，只因荷爾蒙分泌過度就隨手坍縮。

結果是那時還在念書的我，根本拿不出名片交換。這趟偽西部片決鬥，果斷是我輸了。只見那晚男同事浪漫滿屋，逗得學妹花枝亂顫。我們鬥敗公雞的其他男孩只得圍坐桌緣，望著學妹透著光、倒映在黃表紙屏幕的背面，如駱以軍〈發光的房間〉最末那景象，抽繩牽動著她的纖細手腳與童稚笑顏，宛如皮影戲人偶一般翩然起舞。

運動男女

我是在某場已忘了抗議什麼大件事的社會運動裡，認識席地坐隔壁的學妹。一開始她們自拍我機巧偷偷一併入鏡。接著水渠順成聊了起來。這種搭訕要手機要Line的兩性調情，若是置換去了繁華絢爛的東區街頭，肯定幾秒內就得以打槍婉拒收場。但這可是社運現場——那些憤懣、熱情、嘶吼與愛慾，都宛如一瞬就燃燒熊熊，以幾千轉速引擎催油門的超跑那般。

雖然和這幾年新世代的闖立院攻占行政院或總統府那種更大規模的，米蘭昆德拉式的混亂場面沒得比，但我和學妹的社運當晚，也終於迎來強制驅離高潮。隔壁攏坐的男女非得手勾手，身體緊偎，擺設出抵抗驅離被抬走的標準姿勢。那種蛋白質費洛蒙在情緒激昂亢奮下，什麼分際隔閡都顯得毫無意義。要說社會運動本身有其催情的元素，或者更進一步來說，那些集會、抗議，對抗萬惡國家機器與暴力的宏願本身就是一種情慾，好像也都通得通。總之遠遠回望我那些年的運動史，最後的記憶就那些運動裡激情又名正言順的男女們。滿城烽火都只為了成就熱戀的人。

說起來那些年我還童蒙餳澀，什麼政治正確的昭昭議題，我不忘沾點醬油過點水，但運動現場搭訕的學妹，爾後似乎也真以為我就是標準嫉俗憤青。後來各種勞團社運她定期發群組信息，無役不與，於是我也收到了各種標語、旗幟、貼紙，拆大埔的，反核四的，Lomo 風拼貼補綴就掛在我套房的室內曬衣桿，也就是這樣的功能了。搬家時那些貼紙海報旌旆不知所終，一如我那些輝煌又略嫌草率的運動史。

將社會運動大脈絡大場景的縱深，推拉到極致的，除了前述昆德拉的經典，發生於布拉格之春的《生命中不能承受之輕》外，大概就村上春樹《挪威的森林》。我揣度大學時期的村上春樹大叔，恐怕是親身履歷全共鬥，親眼見證安田講堂事件，以及封鎖校園之大浩劫大動盪，幾乎是張愛玲《傾城之戀》的七〇年代版本。亂後多年我造訪安田講堂，一絲運動氣氛也無，只剩學餐裡魚貫朝聖的觀光客。

但這可能是世情小說的特有手筆——在暴亂失序、所有安穩價值稍有不慎就湮滅的大時代，每個人都像金爐裡閃燃開來，被燒成碎燼卻仍旋轉紛飛的紙屑香灰。但戀人，也唯獨有戀人們才能適應這樣的天擇，說什麼都不怕不顧周遭的混亂，甚至能理所當然、理直氣壯地把這些戰爭、死亡、暴亂、崩解當成背景音、畫外音，當成攝影棚內的電腦合成屏幕藍板。這是戀人的天賦異稟啊，若不是那樣的英雄氣短時代，怎能顯示出沛然無畏的兒女情長？

三次舉牌無效後，我和學妹終於雙雙被抬離。離了自由廣場，大夥的熱情似乎也如真空袋抽光耗盡了，就這麼順從坐進警備車。遙想那些年，尚無拍肩流血等激烈場面，載滿大學生研究生的黑白斑馬車緩緩開動。街道上仍是狼藉的鐵馬蛇龍，車窗還裝有鐵網防止脫逃，但車內就宛如大學畢旅似的，喧騰騰鬧擾擾，司機妥妥把車開往捷運站。運動告終，我們宛若跨年晚會散了場，阿妹五月天走下舞臺般光影俱滅，萬籟無聲，擠上收班捷運。學妹纖細肩膀輕靠著我，髮絲飄散著淡淡薰衣草香。這就是社會運動啊。

輯六

點給
還在閱讀的你

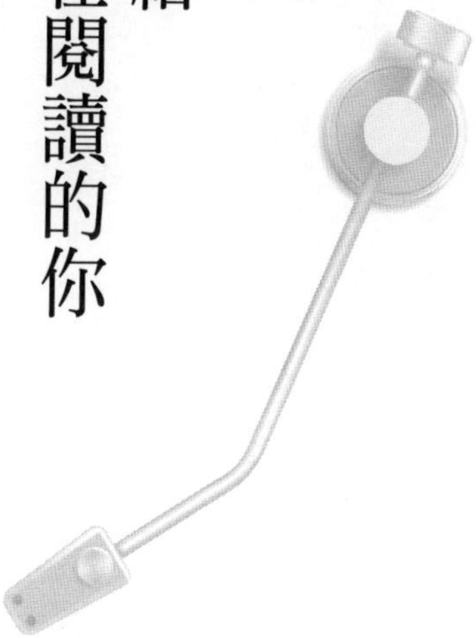

讀出門道之前，先一起看熱鬧

文學集團的同題共作

我的博士論文研究的是南北朝時期的文學集團，尤其聚焦在他們的同題共作。從嚴謹的學術意義來說，要釐清一群作家是不是同一個文學集團，有幾項指標：共同活動的場域、彼此共享的資源，以及互相酬作應和的贈答詩。從這個角度來說，像駱以軍、陳雪、顏忠賢、童偉格、胡淑雯、黃崇凱，加上哲學家楊凱麟、潘怡帆的「字母會」實驗，可能某程度符合這樣酬唱共作。

據我觀察字母會最早誕生於期刊《短篇小說》，而經歷五年的風雪消磨，有些集結有些修改，在最近成果《字母會A：未來》到《字母會F：虛構》先付梓問世。

就我所知二〇一七年除了《字母會》這樣的文學集團合輯，何敬堯、盛浩偉、陳又津、楊双子和瀟湘神的《華麗島軼聞：鍵》也是同樣連作的概念。誠如我上述所說，古典時期文學集團成員彼此相應，同題共作的文本，六朝門閥政治時大為興盛，而此體若要上溯，大抵可溯及漢武帝的柏梁臺聯句。爾後的應詔酬作發展更為完備緊密，於是有了和韻、步韻、次韻等體例，在極度受限與相互牽連的狀態下寫作，因難而見巧，一方面追求藝術審美的高度，一方面也銘記彼此身世交會的一個截斷面。

我這麼說並無貶意，但臺灣純文學小說寫作的精髓大抵在於短篇，不少浩繁大長篇就其基底來看，也是短篇構造。而「字母會」由哲學家、尤其鑽研德勒茲（Gilles Deleuze）的楊凱麟定題，那真的是意味深重。就我粗淺的認識，德勒茲哲學談塊莖談游牧，談鬆解流動與非固著，那麼這些故事與故事的片段，拾綴與補述本身除了互文，更多的是彼此解構，互為故事的片段與沙漠、地道戰的密室連結。

而這些小說彼此構成的藍圖，也十足實驗性。我之前聽陳雪的演講，她說字母會開始在於一場以故事彼此唬爛、相搏相愛又相殺的競速，我想像的是一群小臺客互飆互尬，壓車過彎，輪胎摩擦過柏油路面的嘰呀作響。那如果用駱以軍的意象來說，大概就是故事與故事組成連環索，像折疊旋即層層綻放曼陀羅花，像斑斕色彩一暈套過一暈唐卡圖的老繪師，像志怪裡〈陽羨書生〉般，從故事百寶袋裡吐出一個又一個新故事，而駱自己的新小說《匡超人》也是同樣路數，破雞雞超人、美猴王等看似無關的角色，在致病與破損中邁向西天取經之路。

說起來上述集團共作共演的小說戰略，多少有對當前冰雪奇緣般急凍的本土小說市場回應。小說家們自帶粉絲，各自圈粉，分眾再分進合擊，到底能否挽救日益裂解水凍傷馬骨的純文學小說讀眾，尚有待觀察。

相對於臺灣作家群策群力的寫作，日本小說向來有所謂的連作，這樣的連載連作實則來自於他們小說雜誌的文學傳統。而相對於臺灣作家常恐霜霰至去擔心日常生計，日本的小說雜誌意義就在於以月俸支付作家的開支。只是這幾年就算閱讀大國日本都經常以手機取代紙本文庫本，小說雜誌所刊載的又往往是半成品，日後作家集結出版時還會正式修訂，因此銷量同樣不佳（關於這些眉角東野圭吾在其《歪笑小說》的〈小說雜誌〉一篇有火力全開的嘲諷）。

不過就我不負責的片面觀察，近幾年來的直木賞（日本通俗文學最高榮譽，通常頒給資深作家，相對芥川賞則多頒給文壇新秀），經常頒給連作集結。蟬聯臺灣銷售榜多時，因電影又換書封重出的東野大神《解憂雜貨店》，就是典型的連作。

另外像偵探加賀恭一郎初登場的《新參者》，像湊佳苗《告白》，辻村深月獲直木賞的《沒有鑰匙的夢》，都是典型的連作體。每期雜誌如期刊出，但故事與故事內裡又環環相扣，互為因果，連作看似好寫，但最後草繩灰線，能否給出故事一記精準迴彎，將線索彼此穿接，讓結局繞回作收，在在考驗寫作者布局與節奏。

我最近讀了同樣直木賞受賞作，櫻木紫乃的《皇家賓館》，故事寫北海道西一寒凍荒原賓館，首篇的男女出於靈異傳說，而來到早已荒廢的賓館取材取鏡，接著時間沙漏倒轉，故事回溯，隨著每一篇短篇小說各自走出故事的主調之外，賓館的身世之謎也逐漸撥霧露出端倪。賓館創辦人與繼承者有什麼糾結？何以皇家賓館會矗立於此絕境？此類小說連作的奧妙在於每篇故事分明獨立，但在機關算盡背後，卻有意想不到的盤根錯節。這到底是宿命的糾纏、還是情愛的轇轕，我幾乎要聽到盛竹如念稿的聲音了。關於共作小說與文學團體的實驗未來將如何發展，讓我們繼續看下去。

誰知道那些鳥的名字

日本現代寫實女性小說家可說是年更日替，最近有了個新御三家封號，臺灣知名度甚高的湊佳苗，以「殺人鬼」風靡一時的真梨幸子，加上最近兩部小說影像化的沼田真帆香留，被稱為三大「致鬱系」女作家。其實「療癒系」本來就是和製漢詞，但這幾年我們揮別了後昭和與前解嚴時期的泡沫經濟、經濟奇蹟的榮景，迎來了悲摧、黯淡再無光亮的時局，如果說臺灣青年的關鍵字是「厭世」，那麼有了對療癒這概念反身與反諷的「致鬱系」，好像也理所當然。

以沼田真帆香留的兩部作品《百合心》和《她不知道那些鳥的名字》作比較，我更喜歡《百》的「作中作」形式。敘事者發現了驟然離世的母親手帳，厚達四本筆記，完讀後嚇到吃手手，母親竟然從小開始虐殺成性，從小動物、鄰居孩童，一路意外致死害人喪命到成年，路邊站壁直到遇到父親。且父親同樣有著晦澀過去，為了出手拯救學童而意外導致其身首異處（更機巧突梯的是，這其實正是當年母親暗中下的毒手）。

日本寫實小說向來善於處理「幸福」與「不幸」的辯證。最經典莫過於吉田修一《再見溪谷》，集體強暴球隊經理的一群血氣暴戾高中男生，多年後帶頭犯案的主謀，竟然和球經過著同居生活。「我們差點就得到幸福了，但不可以，因為我們約好了要一起不幸。」這種罪與救贖的共享和共犯結構，當然變態至極，但也在完全變態的成蟲蛻殼過程，體貼出人性與人生的無限透明詩意。

《百合心》還另有一段機巧隱括，主角當年四歲，肺炎入院大病一場，出院後一直覺得母親被置換調包，但大人稀哩呼攏過去。隨著手帳出土真相大白，才知道歹毒母親終於不被家族見容，於是敘事者的外公外婆將母親帶走，母親的妹妹則取代了她成為主角後來的新母親。這一切荒腔走板，逆倫日常的故事，最後竟然有了莫名的轉圜，主角的未婚妻遭遇到前夫暴力，主角原本想自己親手解決，沒想到在手帳裡自陳身世的邪典惡母，讓一切都有了轉圜。

犯罪，殺意，純粹的惡，沒來由的愉快犯意，在小說折衝處又給出全然不同的愛與善意，靈光乍到，成人之美。誠如桐野夏生的短評：「我從未讀過如此不可思議的小說，不知何時恐懼與哀傷，最後竟然成了幸福。」這可能才是「幸福」幾經辯證的真諦——帶著負疚與痛的美好，隱含著變態與失常的愛與安穩。而這可能也是致鬱作品最終的療癒意義。

按照作者簡介，沼田真帆香留出道甚晚，五十歲才提筆寫作。她早年嫁為主婦，經歷婚變後出家為尼，又曾經營顧問公司亦倒閉收場，這種善惡、幸與不幸的深度辯證，恐怕也是她對人情世理，以肉身為道場的深度示範。

《她不知道那些鳥的名字》電影版由竹野內豐、松坂桃李和蒼井優等名優顏值擔當，話題性爆炸。女主角十和子曾與花心渣男交往，愛到卡慘死，不但被對方當成玩物祭獻給會社高層謀取地位，後來渣男更與高層姪女閃婚，暴力相向狠甩十和子。十和子因緣際會與一個粗鄙體貼、無異性理睬的武大郎型男人陣治交往，卻屢對陣治頤指氣使，百般羞辱，且偷情外遇全不避諱。

從類型分類，這可能只是典型「愛我的人與我愛的人」的言情官能小說。但情節的懸疑與壓迫卻始終黏纏。陰錯陽差，十和子才驚覺渣男已在五年前失蹤，且陣治經常出入跟蹤尾行十和子，讓她寒顫怔忡。

會不會渣男是死於陣治之手？會不會現任偷情對象也會慘遭毒手？

也就在層層懸疑、步步驚心的設定下，十和子開始明察暗探，也讓《她》從言情官能戀愛小說，搖身丕變成了懸疑推理設定。也就在十和子擺明發覺陣治真的跟蹤她與外遇對象暗路夜行的一瞬，劇情迎來翻轉。

為避免爆雷劇透，容我此處預留伏筆，但誠如最後十和子所說，放在書腰的關鍵詞：「那個發出擾人咳嗽的陣治，像泥鰍一樣的陣治，生殖器很小的陣治，是我一生唯一的戀人。」日文有所謂「一期一會」、「一生一世的請求」的說法，那是種一生懸命去恨去愛，有多少恨就有多少愛的決絕與獻身。真相大白後，我們終於知道了那些她不用去知道的鳥的名字，就像那些熾烈燄燄的愛與犧牲似的，那麼崇高聖潔。

前幾年出版界面對歐美類型小說強勢抵臺，而臺灣本土創作相形之下趨於式微。這幾年日韓小說更大舉參戰，挾帶著影視化的成果，即便臺灣小說事實上也持續有佳作，也有作者、版權經營者積極向國際市場開拓，但面對新媒體時代，我們還是難免有些潰縮與自信缺乏。

我對於歐美小說閱讀並不太多，但就我對日本純文學或類型文學的觀察，大部分的作品主題其實趨向單一，比方此處的《百合心》，比方湊佳苗從《母性》、《惡毒女兒．聖潔母親》談的母女愛憎轇轕，又比方真梨幸子《殺人鬼藤子的衝動》談的惡意、致鬱、變態，桐野夏生《Out》談的失格主婦對於父權社會壓迫之抵抗與復仇。

本土小說創作相對處理更多層次的主題，國族、情慾、身體方興未艾。但當前實況是，作者空有野心宏大的格局，讀者卻經常多工緩衝，影視、社群、新媒體吸引眼球大戰，閱讀與書市成了那麼爿爿稀薄的存在。當然，文化交流背後難免有傾銷鯨吞的可能，而嚷嚷多年的文創與軟實力，在面對大國威脅當前，能否破格轉生，有待作者持續耕耘，讀者不棄追蹤。有太多我們不知道的鳥的名字，但溝通情感得到共鳴，可能是閱讀最核心的意義。

被人忽略的科幻小說家

據說有一群聚簇猶如密教的文藝青年，將山田宗樹原著改編成的電影《令人討厭的松子的一生》，推之甚重、奉之正典。說真的我對電影裡顏質擔當的瑛太、中谷美紀並無異議，但只是扣除那繽紛張狂的色彩背景，電影版擅自竄添亂入、美紀為了搞鬼裝神弄出的黑色幽默鬼臉，真的讓原著故事線走鐘到令人生厭。

《令》當年在臺灣出的皇冠版今已絕版，原著的故事線敘述相對單純得多。女主角川尻松子原本有一穩定的職業，在中學裡認真執教，但修業旅行途中替班上一流氓系男同學龍洋一頂下竊盜罪嫌，於是慘遭開除。其後就如日語「轉落人生」這個詞的具象化，像怎麼盤整都不合算的重貼現率，就此耽溺男色與性愛，淪為土耳其浴女郎，接著更因情殺入獄，出獄後明明一度更生復員、回歸社會，成為有一技專職的美髮師，卻因龍洋一再次出現陷入畸戀，洋一身染毒癮外加家暴犯罪，終至松子的悲摧命運跌落谷底，最後迎來在破爛公寓裡孤獨死，古來白骨無人收的淒涼晚景。

我覺得原著裡有一種宿命性的悲劇。松子是個昭和時期的認真女性，哪一行無論貴賤，她都做好做滿。就連泡泡浴女郎也反覆練習，成為頭牌花魁。說到底她的嫌惡賤斥，與其天分稟性無關。

在命運的創治下，松子的同居人一個換過一個，卻每況愈渣。就好像那種批踢踢或迪卡的感情論壇裡，傻白甜設定的女聲執拗發問的「為什麼我總會遇到渣男呢」的遷怒與自責，這背後當然可能隱含泡沫經濟前夕，日本父權體制的尊卑柢固，一如上野千鶴子《厭女：日本的女性嫌惡》書中的精闢辯證。我記得《令》的原書後有篇後記，評論者煞有介事分析起松子的墮落與悲劇，是來自於其性格的那些部分缺陷，真是不忍卒讀。要從此作來論山田宗樹的厭女情結或許也說得通，但背後對女性命運的同情理解與哀慟，其實更值得我們深掘。

總之《令》就如此這般陰錯陽差，成了山田宗樹在臺灣的代表作，或許是故事中松子一度希望依循山崎榮富（即太宰治的情婦）覆轍的意象，而太宰治又是在地文青的理型典範。若依此來理解山田宗樹，不但過譽可能守不住街亭，更可能忽略了他其後的幾本重磅級的，觸及了生死、倫理、道德和人性極限的科幻大作。

我首先想推薦的是山田宗樹的《代體》，即便此作在臺灣未見話題性，但扣除硬科幻的拳拳滿開，將靈魂與肉身，人工智慧新科技的詰問探索到另外一層高度。《代》故事設定在近未來，因應人體重大傷病手術，發明一「代體」機械，專門用來移植人類的意識，或從更哲學、神學的層面來說，將「靈魂」從肉身抽離出來，移植進入代體。但代體受限於折舊耗損，最多只能使用三十天，三十天內意識必須回到肉身，否則代體電量一定耗盡，則意識也將黯淡無存。

這種將精神與靈魂進化成為隨身碟，隨插即用保存的功能，或許並非獨家手筆，ＢＢＣ口碑影集《黑鏡》中早就將此概念入化出神，ＡＩ人工智慧的真偽辯證，更早成好萊塢的熱點。但《代體》勾擘了一齣更有如電影風格的設定：當初一手創生此技術、腦科學專業的麻田所長，其愛子該隱五歲即瀕臨命危，麻田所長鋌而走險，將之意識封存。這一典型瘋狂科學家之舉措，讓五歲之後該隱再也沒有真實的肉身，意識也沒有足以投射的形體。

多年後，長年蟄居伺服器的該隱成了不確切是ＡＩ、是意識殘餘抑，抑或外表看似機械，心智卻不過是五歲孩童的存在，但他竟預留一招駭客神技，只要使用過代體的人們，其意識就可能被之代換而遠端操控。這樣猶如病毒株般的毀滅性武器，最後的野心竟然是將所有人腦巡迴一輪，進而統治世界。

這故事尾聲還是容我預留伏筆，但不得不說，那最終接近於神祇宗教的意象，可能是山田宗樹這幾年來關注的課題，更是當代醫學與科技的終極詰問。君不見雖然脈絡有別，但這故事馬上讓我們聯想起幾個關鍵詞：人工心肺、葉克膜、器官移植……山田的前一部作品《百年法》厚重兩大冊，故事設定在平行時空的日本，由於慘遭六顆原子彈攻擊，國家大多數人口死絕滅盡，於是在美國授權下，開始了人類不老疫苗的注射。此後五十年，不衰不滅的人口爆炸危機真正到來，這時國會推動所謂「百年法」，即針對百歲但身體機能卻仍盛年的人類，進行安樂死。

佛家說肉身道場，身體就是一具由枯骨血肉組成的臭皮囊，但誠如朱天文「有身體好好」的揭櫫，對生之執著死之恐懼，以及血脈或靈魂的思辨，始終糾結著我們這一代醫學大躍進的人們。而倫理學、哲學辯證到最後，難免走進了神之領域，進入到未知無限透明待考證的誤區。可能就像他的另一部科幻神作《怪物》裡，多出一種臟器無以歸類的新人種，被舊人類視如畏途，但若新人種才是未來的進化終端呢？新舊人猿要如何在天演論裡用進廢退、適者生存？

當初《怪物》登臺，行銷貌似用日本版的《X戰警》來包裝，但我總覺得山田宗樹關懷的何止於歧視與賤斥，更直接預演了我們即將到臨之末世的啟示錄。我們常說科幻小說是對未來的預視，是一種擬像世界最終內爆的真假難辨，那麼，對山田宗樹而言，若只將之停留為《令人討厭的松子的一生》之原著作者，難免會忽略了其後他的幾部重量級科幻大作，以其作為寓／預言的關鍵價值。

電影般的風格

在類型小說的梗概裡，向來有幾位人物形象鮮明、被粉絲奉為偶像的主人公。假作真時，有時這幾個箭垛型人物，其光環甚至超越作者本尊威能——好比福爾摩斯之於柯南．道爾；白羅神探之於阿嘉莎．克莉絲汀；御手洗潔之於島田莊司；甚至名偵探柯南之於青山剛昌……由於我個人身兼教職，對幾位神探同時兼具教授身分的故事有獨鐘，而以此著名的大概就是東野圭吾的偵探伽利略，還有丹．布朗的蘭登教授。

這麼說有些羞赧，但我當初矢志身涉學界，想像身著白袍進行某種高深學術研究的折影，多少受這兩位「教授」的影響。福山雅治詮釋的湯川學帥氣程度不休說；湯姆．漢克演繹的蘭登教授那更是集智慧與體術於一身，犯難涉險——我記得《天使與魔鬼》的開頭——清晨的游泳池，蘭登教授獨自一人正在自我鍛鍊，湛藍水面上乳白泡沫翻攪，這時幾位穿黑衣的男人走向他，在泳鏡的餘光折射中，蘭登看清楚幾個男人掛著共濟會徽章。才一靠岸，對方一語未發，教授已洞悉爾等來意。接著就是一連串關於共濟會、光明會、但丁神曲的基督教黑歷史。

簡直帥到掉渣到爆炸。

而上述的題材可說是丹．布朗的獨家門牆。我對基督教認識不深，但大抵知道基督教文化對於西方世界而言，可不僅是宗教，更代表了知識、考古與文明起源的。而以宗教知識，推理解密與教會陰謀為基底，參酌考古學、神話人類學、真偽科學，再加上大量的爽片刺激元素，大概就是丹．布朗滿滿套路、卻又能本本暢銷的密碼所在。君不見如《蘭亭序密碼》、《鄭成功密碼》等作，大抵都可以看到這樣冶文學文化史料文獻與小說情節的軌跡。只是相對於西方宗教史後座力富饒的餘響，我島的寫作者可能不容易完全複製這樣的類型路數。

其實從小說創作史來說，《天使與魔鬼》寫成時間更早，但丹．布朗最為臺灣讀者知詳的《達文西密碼》，才是颳起旋風的珠玉之作。當年我先入口碑之彀看過電影版，這才回頭追小說。若要論起丹．布朗獨特的魅力，我覺得可能就是一種字行間的電影化魅力。這幾年通俗小說滔滔洶洶，這種將人物扁平化與套路化的設定或許已不算什麼稀奇。但重讀《達文西密碼》原著最讓我驚豔之處，就是小說簡直早就為電影作了預想。而每個角色的登場，劇情的鋪衍，一方面作為情節推動力，另一方面又驚悚翻案娛樂成分十足。

《達》開場即堪稱動魄驚心——羅浮宮館長遭到殺手謀害，竟然還能獵奇地以自身肉體作為線索，裸身給擺弄成達文西那張著名三位一體的圖像，作為推理小說關鍵的「死前留言」（dying message）。而接下來故事更是如套路連環，巧中機巧，達文西的畫指向了新的線索，而線索指向了未開啟的密碼盒（這似乎也是近幾年流行的「密室脫逃」的濫觴）。咱們蘭登教授才轉身，就從符號學人類學專長，猶如麥特戴蒙或阿湯哥那一類的CIA幹員上身，入廳堂下廚房，才剛出了階梯教室，講完大班演講，畫風不一變成了盜墓筆記、成了印地安納．瓊斯，帶著火辣美豔女主角和聖杯之謎，還不忘隨時來個巷戰駁火，飛車追逐，一路上追趕走跳避殺手，當然不忘不小心就擦槍走火，和美女小談一場戀愛。

新書《起源》基本上仍延續這樣設定，電腦天才發表即將撼動科學界與宗教界的大發現，此時慘遭殺手埋伏。但這次丹．布朗將宗教歷史關懷，轉移到了AI科技等新媒介，但探索的仍是物種起源、人類科學的極致叩問。這種人造與自然，人類造人或神造人的宗教辯證，其實也不算什麼新哏，同樣以科幻主題專擅的日本小說家山田宗樹，其《怪物》和《代體》，處理的同樣是科學家涉足越界到神之領域的野望與禁忌。

但我覺得若要從類型小說貢獻來看《達文西密碼》系列，它可能正是這幾年ＩＰ產業的先行者。電影工業技術既已進化，小說家思維同樣能跟著來一套哥白尼大轉移。過去我們常說純文學重人物形象，類型小說重情節鋪衍，但當套路陳濫到一個程度，或簡直像為了電影娛樂量身打造時，又如何突破如此的公式與限制。因為丹．布朗的新書出版，我隨手爬過批踢踢的書市／舒適圈，不少讀者抱怨此套路重複疊加，但排行榜卻逆反其道而高飛，可見娛樂工業的助瀾。

其實對大國大資本大製作的寫作者（如過去的歐美，早些年的日韓以及這幾年的中國大陸）來說，預設一齣電影風格的小說到影像化確定，甚至進一步，構思之初就預設每一場劇碼的寫作者亦不在少數。甚至如日本輕小說作者佐籐友哉，有本小說更直接以《電影般的風格》為題。

我並非故意要以他山之石舉摘我族之弊。但確實在沒有影視產業作為後盾的寫作前提下，純文學多半停留在召喚現代主義式內心獨白。長篇說到底是短篇的綴連，珠玉之潤展現在詞句的光景流連，在意象的靈光閃跳，在情節的難以言喻或戛然而止。這些無法進一步影像化的素材，確實可能貼近心靈的複雜逶迤不可解，但卻與產業界有著根本的距離。當然，我不是說我們只能有一種丹．布朗這般的寫作者。只是文化部徒呼許久的影視媒合、產業聯結，結果是負負得正？還是流於負負無言？可能得借鑒大國強國的暢銷之作進一部斟酌。

老派少女之必要

我不認識李維菁，雖然曾經見過她一面，只是她恐怕不知道。這樣說有些微妙，但我是在國際書展時期辦的作家講座看到她，在世貿場館中央的大型沙龍，跟難得來臺的日本女作家吉本芭娜娜對談。這種場合理當會座無虛席，因此我也不過是站在遠處的角落，就這麼望向迢迢遠方的舞臺。但那場景就如同她故事裡的永恆場景那般，繁華事散，流水無情，笙歌歸院落，燈火下樓臺。

我有時會覺得書展講座或新書發表會那樣的場合，大概就是我們經常說的「讀者」、「書市」或「文壇」等等虛無的概念之具現化。五六十人，或多則兩三百人，即便不一定都買書，但這大概就是會讀自己作品的讀者群體。而我就站在遠遠的舞臺之外，並不是像真正的鐵粉照單全收、無論什麼書都直接放進購物車輸入信用卡號，卻也還是探頭探腦，往真正的作家與靈光（aura）那方向勾眼相望。

不過我跟素未謀面的她卻傳過訊息，只是簡單問候，貌似我開始寫三少四壯集，她送出交友邀請給我，我倍感榮幸回訊告訴她我是她的讀者這般，看起來有點客套，但我其實是真心誠意的罐頭訊息。我後來反覆斟酌這件事，覺得有些感傷卻又莫名幸運。誰說的，臉書時代無夢時代，我反倒覺得臉書時代才讓我們真正做了關於文學的夢，擬像物之「文壇」成了可泣可詠又可感的人際聚落，那些年私淑的夢幻作家，成了一個確切就是本尊的私帳。可以傳訊息，可以參與生活，像真正的朋友似的（其實又並不是）。

總之我們的交情大概僅止於此，我初讀李維菁的作品跟大家類似，就是在三少四壯集專欄上一鳴驚人的〈老派約會之必要〉，爾後的《我是許涼涼》跟《生活是甜蜜》，她最後的一本散文隨筆集《有型的豬小姐》也出版了，慧黠機靈的少女與熟女聲腔，如最後一枚寂寞星球那樣的城市裡執拗地生長，那些意象，警句，情感的錯落與流動，當真是最後的記憶與永恆場景了，猶如長青樂團 Smap 的歌〈世界上唯一的花〉，綻放與枯萎之一瞬都那麼精準卻又雋永。

李維菁曾自道就是許涼涼，而論者說她也像《生活是甜蜜》裡的徐錦文，像老派約會裡的老派時尚女孩。就像李桐豪評論寫的，徐錦文在重層鏡像裡與敘事者折射相疊，這篇書評寫得太好，容我徵引一段：

小說開場，四十七歲的徐錦文聖誕夜相親，模樣好氣質好，但年紀大了些，被打了槍。她搭捷運回家。小說很短，短到一首江蕙就唱完了……小說也很長，很長很長，長到徐錦文歷經激情燃燒的九〇年代、千禧曼波、政黨輪替，足以追憶完前半生似水年華。電車抵達了此時此刻，繁花落盡，美好時代燒成了灰，一個人的聖誕夜，徐錦文只剩下夢的餘燼和溫度來取暖。（李桐豪〈賤婢〉）

那就是我對李維菁筆下人物的想像，璀璨煙火，陽春好景，由美好時代燃燒不完全所殘存下的星火灰燼，即便還有餘溫也是最後的一幕盛世了。就像那求愛挑情的老派少女的約會把戲，見證過千禧曼波而浪流連的大齡女子，在沙堡上以蘆荻造字，希望可以延續那青春時光建構起的絢爛文明。

身為研究者，若要從學院最愛講的文學史脈絡來考據起，李維菁的風格或許可以放進典型的臺北少女學系譜之中，前有朱天文朱天心珠玉在前的〈世紀末的華麗〉、〈第凡內早餐〉，近有《臺北女生》、《幽魂訥訥》等新世代女作家接棒協力，都會愛情職場甚至星座血型，上過的瑜伽課，用過的呼叫器，臨了分手前的跨年夜迤邐走過的忠孝東路繁華街景，或趕開會時沒招到的那臺計程車……

少女熟女之辯證就在於終焉體貼到生活原來不是一場愛情電影，生活是平淡，平淡是甜蜜，就像李桐豪寫的，命理師看流年大盤，命名時專看五行水火之相生相剋。缺金欠土，再用名字去補去填，所以正因為生活是辛酸是悲苦是哀豔是蒼茫，非得添摻加甜蜜不可，否則就無以為繼了。《有型的豬小姐》裡寫敘事者參加大弟婚禮，禮成奏樂，新郎新娘早就換回素衣牛仔褲球鞋，「身上沒有剛剛一點點餘熱光輝殘留，只是家常，像隨處可見的平凡情侶」，敘事者這才幡然，「小倆口淡淡地對我們揮手道晚安，手牽手轉身去搭車，就要開始他們的尋常人生了。我覺得很美，覺得所謂伴侶，莫過如此」。

或許非得走過紅毯，走過荒蕪，像金凱利那般在屋頂上翩然起舞，將斑馬線當成彩虹色階，愛到肉麻愛到分手，愛到「渾然不覺剛剛行經命案現場」、「雲梯上工人摔了下來」、「路邊孩童吐出了雞絲湯麵」、「月球因嫉妒而戳瞎了眼睛」，這才算愛過了整個九〇年代，少年少女熟男熟女這才大悟大徹，戀愛從來就不是老派或時尚，而是稀鬆平常，理過其辭，淡乎而寡味。我彷彿也看到當時那國際書展的舞臺正中央，鹵素燈熾熱熱的，好容易才黯淡下來，作家原來不是依憑靈光，而終究還是這些文字本身與讀者交流。當我們追逐字跡流星之眼瞳轉瞬，我們才算真正認識了一個寫作者，無論華麗或蒼茫的手勢或眼神，那是一個真正的、讀者與作者相會的隱密又浩瀚的星空。

只是太遲了，我總是在追趕他們。在林奕含的那個時候，在李維菁的那個時候。我以前不懂邱妙津對同代寫作者的意義，一知半解讀文學史所謂的「遺悲懷論戰」，我現在仍然不懂。大概就是以為這些文字會持續有，早晚隨時能讀得到，但背過舞臺轉過身，講座忽爾就結束了。只剩下最後一點聚光燈的餘熱，就算倉皇地用力抱緊，仍然將這絲毫的溫暖給熱交換殆盡。

散文的虛實

乍聞散文家林清玄逝世的消息，意外的是同溫層卻不見太多聲量議論此事，這某程度寄寓了林清玄的兩極評價。林的書在當年可是本本暢銷，列階心靈導師門牆，譬若《紫色菩提》、《身心安頓》等小故事小格言之作，我老家書櫃不知誰購、卻都能擺上一本。其後因外遇醜聞爆發而淡出臺灣文壇，即便我教的國文課本仍選錄其作品，且其依舊筆耕不輟，但不知何故對我們這個世代來說，林清玄就宛如遙遠的、懷念金曲龍虎榜上的名字了。

我們如今將林清玄、劉墉此類風格的文字視為心靈雞湯，在林潛心學佛修禪之後，其文風更轉向佛理體貼或佛經闡釋，被稱之為宗教文學。說起來宗教文學起源甚早，早在六朝時佛教傳入，士人就開始寫所謂「遊寺詩」，一方面鐫刻清曠山水或宮闈之內的富麗描摹，另一方面感受佛寺古剎和梵音唄頌的無量願力。文學史論者認為這是六朝貴族的小聰明，信佛追求的是來世的福報，但宮體描繪出現世的享樂。就這般雙重標準來看，當初因外遇醜聞而怒叱林清玄的讀者粉絲，其實也不至如此怒搞搞氣噗噗。

我覺得林清玄式文字風格，之所以在過去造成轟動，其實就是那個年代流行的《讀者文摘》或「家庭副刊」風格。也不是現代主義式疊床架屋盤根錯節的繁複小說，也不是擅專虛構裝置身世記憶的大河小說，首先是這些故事極白話、極日常，都是些生活起居得見的小事，但正是因為這些家常嫻熟的鄰家故事，能讓更多數的讀者同情共感。再來就是這些故事末尾帶出教訓與格言，淡淡的反思與諄諄的告誡。

其實如果認真考索，這樣的格言譜系一直未曾斷絕，且向來是暢銷的保障，現代讀者較年長的蔣勳、龍應台，或年輕世代的肆一、彼得蘇和不朽，只是不同時代對警句有不同的需求，長輩圖裡的警句總是這般溫暖常談——「顫抖過寒冷的人，才會體會太陽的溫暖」；至於新世代ＩＧ圖文集則追求恬淡靜好的文青況味——「如果你不開心整整一分鐘，生命就失去了六十秒的快樂」。

我雖並不嗜讀此類作品，但以上也無指謫之意。每個時代的人們都難免經歷物色世界的紛紜撩擾，波瀾起伏，那麼這般舉重若輕的文字，就如同籤詩如同幸運曲奇，掰開的一瞬腦內啡分泌，幾秒鐘的歡快輕盈，那也就夠了。文學起源遊戲，無論勵志或厭世，在字裡行間裡找到情緒歸結，那也就夠了。至於那些現實風聞，只能說政治歸政治，情慾歸情慾，文學歸文學了。

這幾年文壇有了幾次關於抒情散文虛實的論戰，鍾怡雯、黃錦樹和唐捐都為此星火燎原幾回。即便林清玄成名甚早，還不及親歷此役，但我覺得從某種程度來說，他真可謂是散文虛實辯證的受害者或加害人了。但事實是若將散文全然等同作者，那是太危險飛太遠的聯想，我們如今識見漸長，重讀這些家庭日常生活般的故事格言，就會發現它未必真實，書中那些或嗜玉而傾家蕩產的朋友，或因放縱情慾思春的流浪貓，或日常的見聞俯拾，或佛典裡故事闡述，都可以是作者一時的體貼與發明，亦可視為作者另外一種敘事聲音。

當然，這樣說起來讀者恐怕還未必能全然接受，譬如當年苦苓婚變後前妻出書以復仇；又如當年九把刀別戀後鄉民撕書以洩忿，就算以虛構以幻術著名的小說家，遭遇事變尚且如此，更何況與敘事者密切關聯的散文呢？如果說以虛構超經驗矇騙文學獎尚不可輕恕，那麼以這種大悟大徹作為暢銷典範的作者，其情慾流動又何能容忍呢？黃錦樹這篇收錄在《論嘗試文》的〈文心凋零〉的結論，或許值得我們參照：

抒情散文以經驗及情感的本真性作為價值支撐，文類的界限就是為了守護它。讀抒情散文不就是為了看到那一絲純真之心、真摯的情感、真誠的抒情自我，它和世界的摩擦或和解。這與許是中國抒情詩遺留下來的基本教養吧，那古老的文心。黃金之心。（黃錦樹〈文心凋零〉）

如果抒情傳統遺留下黃金之心，實則也不容怪被過度抒情性所感染的讀者，將這些作品與作者人格或信仰百分百融合。且我以為更內裡的勾連是某種宗教性的號召。君不見某某師父或上人開壇弘法，那也是信徒萬千齊呼感恩讚嘆，那種信眾濟濟萬眾一心的虛擲，就算如今網紅直播主再怎麼抖內邀贊助呼告老鐵可能都沒得比。一旦作品成了一種弘揚教義的載體，那麼文學也不僅止文學而已。

但如果問起我對文學的想法，譬若遊寺詩這樣主題美則美矣，但大抵皈依佛理玄妙，而少了詩歌與現實與情慾的絲纏轇轕。說到底嘛人生在世，即肉身即道場，人之所以為人某程度就在於那些七情六慾、貪嗔癡妄，現世日常不僅有恬淡靜好，也有執迷與耽溺，而將此一切涵攝包攬，聖極俗極，那才真正算是文學的感染力所在，一旦破執愛染，諸行無我，那些字行間的承重難免要淡乎寡味了。

當然，這也不過是我一隅偏見。這幾年書市衰頹，若我們將銷售當作一位作者的聲量與流行，那林清玄無疑在余秋雨、蔣勳、龍應台、張曼娟或九把刀之前，就真正颳起旋風，實在在地影響了上世紀的許多讀者。那些五十萬以上的銷量，可能是吾輩今日難以想像的「影響一代人甚鉅」，即便爾後有些讀者見識漸廣而不再捧讀心靈雞湯散文，有些讀者遭醜聞八卦之累而知人論世而對作者有了偏見，但又怎能無視其意義價值呢？

編輯事

說起身兼「編輯」與「作家」兩種身分、斜槓且游刃有餘者，在當前文壇斷然不會少。想想也是理所當然，在前網路社群、紙張書籍副刊不容輕易升堂入室的時代，編輯可是肩負文學守門員之要務。多的是寫作者滿紙血淚，無處發表，終而對出版社對報刊滿懷憤懣，動輒掛電話來情緒勒索的……轉念來說，守門員鍛鍊出獨門慧眼，雅正典律賞讀既多，清音逸品浸淫日久，一旦親自出手寫作，總不至良窳混摻，匯兌出了劣幣。

不過就如身兼小說家、散文家與副刊編輯的宇文正，在自述職掌副刊經年的傳習《文字手藝人：一位副刊主編的知見苦樂》的序開宗說的，接任副刊主任後終而體貼，「它不是一個職務」，而是「可以為副刊這個獨特的園地，創造一片景致的任務」。編輯當然也能出散文寫小說，但既身兼文壇花園灌溉者之責，自然在故事的百寶袋裡蒐集起了那些職人的秘辛。如果化約來看，這些編輯與出版人的作品可以概分兩大類，一則是純粹抒情傳統文學譜系的散文小說，一則是關於職人職場之憶苦思甜。當年副刊盛世如高信疆、痖弦都身兼作家，今日如王盛弘、孫梓評或邱祖胤也都著作頗豐，只不過他們未必寫編輯這行的喜聞樂見。

至於最近新書出版的逗點文創社長陳夏民《失物風景》，以及允晨文化發行人廖志峰《秋刀魚的滋味》，大抵來說應當歸入後一類。值得一提的是陳夏民首部作品《飛踢．醜哭．白鼻毛：第一次開出版社就大賣騙你的》，廖志峰《書，記憶者時光》當初行銷賣點都是出版業秋月春風的職人手帳。所謂習翫為理，事久則瀆，文章彌患凡舊，當職人的故事錦囊掏摸掀底到一個程度，出版人也會開始寫一些其他的故事。如陳夏民新書寫求學時蝸居的花蓮，寫巴黎，寫印尼，寫家族父祖親情的糾纏絲絲；而廖志峰新書寫山居淡水，寫故城基隆，推薦那些編輯與作者，父與子，異鄉與故鄉的書籍介紹。

我覺得專業編輯人推書，跟我這種外行人搞好書報報的邏輯美感不太一樣，他們往往更細膩關注字行藝術美學之外的——書與人或作者與讀者的聯繫。從各方面角度來說，志峰跟夏民這兩本新書都歸類在散文集，且是前一篇提到過的，黃錦樹所謂散文家得以守護之姿呵護的黃金之心。

不過新的問題來了，我輾轉在某則書評裡讀到對某編輯新書的評價。讀者說他抱持著一窺職涯的心情，誤以為購入的實用指南，未料翻開才發現是出版人的詩性體會。說更直接一點，讀者第一眼看過書扉的作者經歷，那對這本著作就有了認識之成見。醫師寫醫療保健衛教資訊，諮商師寫情緒勒索情緒寄生，國文老師寫古文的美感鑑賞，那麼出版人編輯寫的當然就是職涯見聞甘苦，最好還包括如何投稿如何得獎如何與出版社簽約與副刊合作這些細節……但我覺得這個問題應該反過來問，如果我們讀到的是一本編輯的文學著作，那麼編輯比起一般寫作者，會是一個更優異的作家嗎？

這其實關乎一個相當古典的命題。在六朝文論裡，討論到作品鑑賞與批評時，有一個著名的兩難。要作評論者或文壇守門員，是否應當先具備創作的才華與品質？才高八斗的建安詩人曹植說過一句著名的話：「有南威之容，乃可以論於淑媛；有龍泉之利，乃可以議於斷割。」意思是要評論別人美醜之前，必須至少是個網美正妹；要評論鋒利與否之前，必須先是一把絕世寶劍。這邏輯當然有點不經驗證，但多少展現出曹植對自己文采的自信傲嬌。

只是這個判定在劉勰的《文心雕龍》裡，就給他狠狠打臉一把了。在專論文學評論的〈知音〉這篇，劉勰對評論者的意見是，「操千曲而後曉聲，觀千劍而後識器」，這兩個意見正好相反，卻也正是我在一方面介紹幾位出版編輯的新書，新散文集，卻也同時想要詰問的課題。

從自由意志與文化資本來說，出版人自然可以身兼作者，可以不只是寫職人職場或職涯。只是當編輯從職場介紹跨足成為寫作者的同時，他們是一個更好更適合還是眼高手低的寫作者？一方面，多年鍛鍊的編輯之眼審稿之魂，應該讓自己的飛刀例不虛發，無一字現敗績；但另一方面，文學評論之難就在於世間東抹西塗，家有敝帚自珍，在理論與實踐的過程發覺其間之落差。更別說還有一類編輯，在入出版門牆之前原本也寫作筆耕，成果斐然，但一入江湖眼見風雲踴躍，終而決意掛劍封筆不再贊一辭。

但如果問我的意見，我覺得這個時代的編輯無論交出什麼樣類型的作品，仍然值得一讀。古典文論有句有點變態的名言，叫「文窮而後工」，所謂國家不幸詩家幸，出版業而今的風雨飄搖，已堪稱是眾所周知，在這個平均四成民眾整年不讀書的時代，就像陳夏民當年〈沒錯，有些讀者希望你吃土〉這篇寫給以寫作維生作家的文章所說：讀者往往有種錯誤的期待，要眼見作家受盡悲摧磨難，終而成就光焰萬丈的好作品。所謂「窮而後工」，庾信平生最蕭瑟，而杜甫如是，蘇東坡如是。倘若從這個角度，在這個出版最壞的時代，可能就是這些從出版人身兼寫作者的交出最好最璀璨作品的時代。

只不過從這樣的美學來評價作者作品，終究還是有點以古律今了。古典時期的作家大多不甘只成為一作家，星隨烽落，書逐鳶飛，經世濟民大志難成了，只好退而著述。只是回過頭來，這樣為了藝術高度而將整個大產業鏈等價交換犧牲以全小節，這真的值得嗎？

書市蕭條時代的閱讀推廣者

我前陣子看到一則新聞，巴西監獄允許受刑人讀書換減刑，不過規定要閱讀四百頁以上的大部頭著作，且不得是漫畫。如果留心網路書店的綱目科屬，這幾年分出獨立一門稱之曰「閱讀」。我輩日常就習耐文字載體之讀者，當真丈二暴龍摸不著地表。旅遊專家出書教我們暢遊列國、寰宇搜奇；時尚專家出書教我們妝髮穿搭、衣櫥改造；健身館長教我們深蹲硬舉、引體向上……但閱讀專家到底是啥子玩意？「閱讀」不就是接收資訊連結外界的渠道之一，只要受學識字略通之無，加上自己踮起腳尖搆到書架就行了嗎？

我覺得這大概也是書市衰頹下的奇觀。要知道書市衰頹是全方面的，即便每年勉強能炒作騰湧出幾本暢銷大書或話題之作，有時是翻譯小說，有時是情緒諮商，有時是紀實或政治主題，當然也包括工具書著色書、深蹲生酮眼球膝蓋運動等養生書，但基本上傳統閱讀的幾大類型，確確實走向大崩盤大解離。但即便市值蒸發無下限，依舊有作者熱衷以出書為業或為樂。他們有的奉行著古典時期所謂「三不朽」、「文章乃經國大業」；又或單純迷戀著作等身、「作家」頭銜在書腰上那枚黏呼呼的標籤。總之書沒人看，但作者繼續寫，那麼將推廣「閱讀素養」或「故事行銷」本身作為書的內容，倒也是別開蹊徑，在衰退行當空際轉身開出一片藍海。

這類閱讀推廣，寫作教學的書，若以關鍵詞大數據搜尋斷然不少。我知道的像許榮哲老師的《故事課》系列；黃國珍老師的《閱讀素養》；宋怡慧老師的《星讀物語》，林怡辰老師的《從讀到寫》，無論是從十二星座或生肖論起的閱讀配對書，從親職教養到親子共讀的教學書。再來就是面對閱讀素養考題的邏輯力。從更悖論猶如莫比烏斯環的程式遞迴來考察，這些書的內涵其實無涉於書中去推薦其他的書，而是一種技術、方法，故事的演示，將閱讀當成了一項技藝推廣。

上述的這些閱讀推動者，有些是前任或現役作家，有些是學校教師，有自創品牌學堂私塾的創辦人，也有建立起自我覺察自我對話作為信仰號召的宗教家形象，當然推廣閱讀有心得就能著書立說成一家之言，這點我絕無指摘，只是我總覺得這個透過寫書來推廣閱讀的流程本質上格外弔詭，簡直像雞生蛋、飛矢不動或阿基里斯追烏龜那種奇妙的詭辯術。

試想——現在一個從來不看書的人要看第一本書，應該去讀引其入勝的書？或教他如何閱讀的書？教導從來不讀書的讀者去閱讀，推廣閱讀之美妙予不喜歡閱讀的讀者，這本身到底有何意義？或是說更哲學的角度，凡存在必合理，意義先於本質，就像清談時那個著名的言盡意與不盡意的談題。

但轉念來說，工商社會時間有限，在浩繁充棟的經籍典墳裡，迷茫浩瀚的閱讀星圖上，快速找到閱讀標的，猶如那種五分鐘縮時電影的二創，實在也沒什麼不對。我猶記幼年時志文出版社就有一系列世界經典，如《罪與罰》、《卡拉馬助夫兄弟們》、《安娜卡列尼那》、《戰爭與和平》的輕薄版。那時候童蒙不解，還誤以為書薄價廉，只要貴參參厚沉沉大部頭的五折價，閱讀時間更濃縮，但行年長大看清楚書背上的「精簡版」三字，實在不好意思擺上書架了。

我所知的古典時期，這類將繁盛典籍作摘錄索引的工作沒少過，大家都聽過的《唐詩三百首》、《宋詞三百首》或《古文觀止》，大概就是這類工夫。其實在南梁元帝焚書與北齊運書過程遭河水潰堤前，中古士人編纂了大量圖書，他們還格外推崇能「目下十行」的記憶力神人。這些大量記誦默複的文獻，成為他們典故引用的來源，所以也造成了大量看似引經據典，實則千篇一律的文學重複勞動。

後來這些古代的閱讀推廣家，試著從兩個面向來精簡這些文獻，一是像蕭統《文選》這樣選古今代表篇章，使之流傳久遠甚至名播海外的著作。君不見日本新年號「令和」，雖然號稱典出《萬葉集》，然原句實可上溯至張衡〈歸田賦〉，而張衡這篇賦就有賴《文選》保留。另外則是類書的編纂，像歐陽詢《藝文類聚》專門選古今文章裡的代表段落。因此許多詩歌辭賦我們如今只見殘篇，這就是一種閱讀推廣大法。試想，全篇〈兩都賦〉、〈上林賦〉看得讓人倦而思寢了，要是連篇累牘都是這般長度那還得了，於是類書編者開始搞故事行銷、閱讀素養這套，讓作者迅速背下古今文章的警句，還用天象地理草木鳥獸作分類。一旦文學活動時要來賦鳥賦花賦節令或天象，馬上有一堆故典舊篇可以默誦，援筆立就，出口成章，從讀到寫到蹈襲，可說是閱讀書寫能力大提升。

由此角度來看，我以為閱讀推廣家的努力實在不容忽視。在閱讀蕭條、讀者稀微的時代，在文化機關大力疾呼讀書好讀書妙讀書好棒棒的當前，要讀者蒙頭找書來讀何其難？簡直就像自助遊南美逛極圈，真先得咕狗自助達人視頻，那麼這些閱讀推廣書如果真能成為許多不讀書的人讀的第一本書，那我也樂觀其成之美。

當然，我更憂心的是讀者僅止於此就裹足不前，錯將閱讀或寫作入門書當成這寶庫的全部。就像周星馳電影《鹿鼎記》裡師父陳近南跟韋小寶說的：這本只是絕世武功的目錄，「真正的」典籍湯湯浩浩，猶如一整座遼朗星空，只閱讀完了目錄就誤以為習得絕世武功了，未免是一件太遺憾的事。

史詩的二創

「再現」向來是文學寫作的重要課題。照柏拉圖的說法，理型先於世界存在，當寫作者藝術家將世界感染到的經驗再現，這已經是第二重的模仿。但熠熠璀璨的文學史上就會出現幾部經典，而這些古今域內外的經典成為典律，反覆被謄寫、致敬、臨摹，這之間到底是第幾層的模仿，實在已經很難釐清。

要讀懂科姆·托賓（Colm Toibin）《阿垂阿斯家族》（*House of Names*），可能要先了解他複寫的原作，也就是希臘神話史詩《奧德賽》到《阿迦門農》這一系列的故事。

阿迦門農（Agamemnon）是希臘城邦中邁錫尼的國王，也是希臘諸王之王，眾所周知的特洛伊戰爭，他就是始作俑者。因為有著一統愛琴海的野望（這讓人聯想起甫過世的金庸先生名著《笑傲江湖》裡的岳不群和東方不敗），所以他集結盟軍要渡海討伐特洛伊城。但又由於其驕矜自傲，在其獵殺一隻原本該祭獻給神祇的牝鹿後，得罪了狩獵女神阿耳忒彌斯（Artemis），於是女神一怒竟猶如網軍上線般，帶起一輪風向，阻擋遠征大軍船艦向前航行。

阿迦門農面對六軍不發無奈何之窘迫，決定將長女伊紀姬妮亞（Iphigenia）祭獻給諸神，但在《阿》的複寫裡，阿迦門農還撒下瞞天大謊，哄騙呂后和伊紀姬，說要將伊紀姬嫁給當時希臘第一勇士阿基里斯。如果對希臘神話稍有認識的讀者，大概對接下來的故事很熟悉，阿迦門農這場活人獻祭終於反過來帶風向成功，希臘聯軍浩瀚遠征，跨海擊潰了特洛伊城。

但即便凱旋而歸，呂后卻對長女之死懷恨在心，佯裝歡迎國王阿迦門農的班師回朝，實則在浴袍裡編織了毒絲，先讓其全身癱瘓，再以利刃割破了國王的喉嚨，假裝國王被叛亂的衛士所害，為女報仇。阿迦門農年幼的長子奧瑞斯特斯（Orestes）出逃，呂后與小王艾吉瑟斯則主導了皇位。多年後流浪在外的皇子終於回歸，與戀父也一心為父報仇的姊姊伊蕾特拉（Electra）聯手，弒母並囚禁小王，終於復仇得雪。（爾後佛洛伊德著名的弒父弒母理論，即稱之為「伊底帕斯」與

「伊蕾特拉」情結）。

這個故事在希臘悲劇史詩裡還有後面幾部曲，諸神們因為奧瑞斯特斯弒母的罪惡開啟一場審判，認為呂后弒夫還情有可原，因為兩人只是結髮沒有血緣關係；但皇子弒母則是大逆不道。最後這場猶如希臘版的大法官釋憲以一票之差驚險過關，奧瑞斯特斯無罪，象徵著希臘邁錫尼文化正式從母權走向父權的體制，開始了爾後幾千年性別不平權的意識形態認同。

這些當然是後話，但這些背景肌理方有助於我們理解曼布克獎入圍者托賓的新作。在《阿》一書中托賓重寫，或說致敬，更進一步來說是續衍了阿迦門農的故事，從三個人的視角——呂后、奧瑞斯特斯以及伊蕾特拉，清暢流麗地重述了這個故事。相對於史詩原本的扁平設定，托賓加入了每個人物的心靈描寫，因喪女又遭活埋的母親呂后之喪心病狂；因父親被母親所弒不得不身染金粉、落入凡塵的皇子；以及人在宮裡眼見母親與小王禍國亂政的伊蕾特拉，讓這段史事變得絲絲環扣，疊疊重層。

說起這一大段悲劇史詩，其實早有各種文本的續衍。若用在地熟悉典律作品來比擬，簡直猶如《三國演義》或《西遊記》，君不見如三國手遊廣告蓋地鋪天，那

〈出師表〉或〈念奴嬌〉裡的千古風流人物，早就在後現代文明與視域的投射底下翻轉出了新的微危心景；又譬如駱以軍《匡超人》裡的美猴王孫行者，在血葫蘆被顛覆倒錯，搬弄身世，終於來到這個末世感的城市街頭，那牠成了什麼景況什麼際遇？

至於說起阿迦門農殺女祭獻的這件事，最著名的大概就是希臘名導尤格・藍西莫的電影《聖鹿之死》，這部片初上映臺灣觀眾看得霧煞煞，因為一個父親的過世，家裡一對姊弟必須逐漸癱瘓到殉死，到底何咎之有？我遍索文獻這才恍然，電影從片名到角色設定，致敬的正是這齣希臘悲劇。電影最後導演給了該祭獻的伊蕾特拉新的轉圜，讓她擺脫悲劇的宿命。

托賓過去幾度入圍曼布克獎，而代表作《布魯克林》（*Brooklyn*）故事講一個五〇年代的愛爾蘭女孩，到了新大陸勇敢追愛追夢，這部小說知名度之高來自於改編電影《愛在他鄉》，只可惜電影當初以愛情文藝片包裝，並非將重點放在愛爾蘭與美國的文化衝突，他鄉故鄉的歸返辯證。《阿垂阿斯家族》重新將希臘悲劇作為其潛文本，我不確定臺灣讀者對這樣的史料資料庫是否能有全景的掌控。由於我自己治古典文學，近年也致力推廣古文普及。即便我自身對西方正典也是一知半解。

但我們從其當代文學趨勢即可發覺——對西方寫作者而言，這些希臘戲劇史詩或北歐神話體系，其實就是他們續衍與再現的資料庫。無論是入圍大獎的純文學作家，或將神話續衍成後現代文本，改編成ＩＰ、影像、電玩遊戲的創作者（譬如大眾所熟悉的《波西傑克森》、《雷神索爾》系列的電影、或《刺客教條》奧德賽般大作）。

我並非要提出單一價值的論述，要宣稱古典主義復辟，懷想黨國時代幽靈。但事實是所謂的文創不能僅有排他性或在地性的優先論，一切只問臺灣價值，各國文明的史料文獻、典律傳統，其實都可以視為人類文明共享之資源，而可以作為寫作者的題材。在地書寫或許是臺灣「被世界看見」可能之一（雖然這句話早就成了反諷），但世界性經典被再現續衍二創，同樣展現出重大成就，這可能是托賓新作給予我們的啟發。

反反民主

傑森．布倫南（Jason Brennan）的《反民主》從書名到書腰「本世紀最危險的書」都相當聳動，但書中卻旁徵博引，舉了各種例證與譬喻來說明「民主」的失能、偏差與荒謬。其實政治哲學裡向來有個主題在談民主政治與菁英政治之良窳，而最著名的大概就是柏拉圖，他認為由於民眾不夠理性，因此需要一位具備德行與智慧的哲學家皇帝來領導——雖然國文課也教過〈哲學家皇帝〉，但顯然這樣的哲皇沒有出現在美國。

在《反民主》書中，布倫南將美國選民（實則放諸四海皆準）分為三大類，哈比人（典出《魔戒》）、政治流氓（典故不明，大概來自足球流氓）以及瓦肯人（典出《星艦奇航》），瓦肯人具有高度政治社會科學的訓練，能夠純粹理性判斷；哈比人對政治毫無興趣，跟隨政治流氓投票；政治流氓則對政治有著極端狂熱，但經常依據意識形態與對自己有利的立場支持，他們有基本的社會科學知識，但卻刻意擷取片面資訊，且輕蔑其他傾向的支持者——各位若對政治流氓定義尚有疑義，不妨轉幾臺政論節目，看看名嘴對同一事件的相反評述即可知矣。

而《反》認為美國百分之九十八的選民都是哈比人與政治流氓。如果遂行真正的自由制度，我們大可無視選民過生活，但無奈的是政治不像音樂或汽車，作者將之比擬成PM二．五，認為無知選民的決策將影響到我們每個人。在書中作者仍替我們整理出民主制度可能的改變趨向，比方說「選舉權門檻制」——公民通過測驗才能進行投票；「複投票制」——每位公民投一票，但受過特定訓練或能力更強資訊更完整的選民，可以投更多票（這也就是歐威爾《動物農莊》式的有些動物比其他動物更加公平的反諷）；「選舉權彩票制」——選舉前亂數抽出選民，再使之接受選舉的訓練；「知識菁英否決權」——由民意機關立法，但另外找出人數限制的政治菁英得以投票否決。

當然，支持民主論者也會對上述體制提出異見，《反》也梳理了支持民主體制最力的如「洪—佩姬定理」（認為必須確保選民的多樣性，基於彼此身處世界觀多元複雜的狀態，更能做出正確決策），以及蘭德摩斯的《民主的理由》等等。跟著《反》的推演邏輯一路而下，確實會覺得「民主」在某些時刻與決策面有其荒謬的存在。譬如對挺同或反同的利基選民所發動的罷免與連署；譬如公投法終於突破鳥籠，竟然換來的是基進或歧視的公投選項……如果「民主」就只是建立在每位公民擁有均等的選票這件事之上，確實有時帶來災難的矛盾、走向荒謬的結果。

《反》的譬喻是就像每部車都在排放空污，但卻不認為霾害是自己所造成的（鄉民說的：「你我都推了一把」），但這必然之惡限縮小到我們以為自己的一票無關輕重的時候，民主體制就暴力地影響了我們的生活。布倫南在書中用了一個譬喻，我們對一把鐵鎚的評價來自於它是否順手實用，但對詩的評價卻在於它的意象與隱喻，然而比起詩，政治更像是工地現場的破壞鎚，以實用與否來決定價值。

因此從實用的角度來說，民主是一根較不適用的鐵鎚。

《反》其實有些政治哲學普及書的寫作策略，我對書中的理論未必服膺拳拳，但似乎也有幾分道理。不過談到階級與菁英，我想介紹林立青的《如此人生》。讀過林前作《做工的人》大概就知道，書雖然定位成文學和散文集，但林並不是抒情傳統的散文譜系，在《如》他將非虛構紀實這樣的體類更發揚光大，從過去的工地工人，走向了其他社會底層階級——酒促小姐、八大行業、一樓一鳳的鳳姐、毒癮者、嗜賭者、外籍移工……前作引發的消費與獵奇，在新書時似乎已經消弭了。《如》就是一部報導文學的專題，是一部前述布倫南所說的——無知且對政策無感底層人物的實境秀。

我們常說的「體制」與「機器」就是一個如此弔詭的概念。對階級底層的小人物來說，制度並無法保障他們的權力與安全，酒促小姐無法拒絕客人的性騷；清潔阿姨的自願離職由其他員工代簽，由多樣群體決策，高度民主制度定義的法規與政治，卻無法真正體現到真實人生。

而最悖論的可能是《如》書中〈愛天使貓舍〉這一篇的女主角小愛，她在油壓店上班，卻有一個警察男友：「幾次約會後，她才知道原來年輕警察是八大消費的大宗，他們忙著輪班，休假不定，沒有時間交女友」。然而警察男友「一下子要她：『跟我媽說你在醫美診所上班就好』；一下子則是『你就說你只想當家庭主婦』。結果他們只交往了半年，因為老人家去做了婚前徵信，憑幾張低胸清涼照認定她不是正經人，要兒子去跟國中女老師相親」。

這故事最後沒有結局，以小愛罵的「婊子有情，警察沒種」這句話收尾，其實我覺得這些故事有時很古典，像批踢踢或迪卡男女板的套路，又像《三言》裡〈杜十娘怒沉百寶箱〉，像杜十娘罵情郎的那句「妾櫝中有玉，恨郎眼內無珠」。但即便是典型的故事母題，但林立青有一種對世情、對物件以及對細節的細膩描述力，配合他驚人的記憶力與再現，以及閱讀空氣的敏銳度，這可能都是他能夠進入田野且高度紀實的原因。

就像《如》的書腰，「人造的階級，如此人生，欲哭無淚」，無論菁英或底層，我們都被貼上階級標籤，無感或試圖想像更好的體制，卻依舊力猶未逮。或許有一天真有哲皇降生，或許有一天群策群力，我們有機會有更好的未來。

文學獎大亂鬥

最近聽聞文壇有樁小騷動，乃投稿者在臉書上匿名批評某校辦的文學獎，稱其挑選之評審的性別性向與擅長題材皆為偏頗，導致自身投稿作品槓龜。該文透顯的性別歧視與無的放矢不值得一提，但若認真考索——評審的性別認同、意識形態，是否確實會影響對作品之偏厚賞愛？

臺灣在地的文學獎項多半頒給單篇作品，且透過匿名審查機制，此現象還不至於太明顯。若嗜讀日本小說的讀者就知道，日本文壇幾個大獎——直木賞、芥川賞、本屋（書店）大賞等，評審過程激烈，眉角浩繁。我最近讀大澤在昌新書《百萬小說家的職人必修課》，除了作品講解示範，更將新人作家從投稿以至出道做了細膩盤點。當然還有更有趣的後設小說，譬如真梨幸子《四〇一二號室》，就將「直木賞」以「M獎」代稱，兩個女作家為了M獎落誰家，開始失控幻想；而東野圭吾《歪笑小說》也拿過直木賞開玩笑。這些文學大獎通常每期先選幾本「候補作」，再挑出最終得主。因此入圍者多半成名已久的大作家。一旦公布落選或受賞，真是一日看盡長安花。

若論這幾年直木賞得主，我頗為湊佳苗抱屈。一五五屆直木賞，湊的候補作《惡毒女兒．聖潔母親》臺灣有出版，其中讓我最有感的是第一篇〈我最親愛的〉，這是湊佳苗擅長的《告白》式獨白。敘事者「我」因妹妹有紗遇害，接受警方訪談。有紗懷孕回娘家待產，與未出嫁老處女「我」同住，未料遇到專挑孕婦下手的攔路殺人魔，被癡漢狂毆致死。「我」一路絮絮叨叨，從求學時期被母親規訓不准跟男生有互動開始說起。在「我」幻見夢境之中，般若能面惡鬼始終糾纏著她，那是母親遂行父權管教的形象。但相對小六歲的妹妹有紗，被默許帶不同的男友回家、先有後婚，還反過來嘲笑三十幾歲的姊姊只會看言情小說性幻想……

故事發展同樣是《告白》套路，「我」當再度遭到妹妹嘲笑的時候，拿起了木棒狂毆跳蚤的肚子，替飼養的家貓除掉跳蚤……這當然是雙關，你的媽媽不是你的媽媽，妹妹又怎麼還能是妹妹。真相大白，原來是姊姊趁勢作案，再嫁禍給殺人魔。母女恩情，姊妹親情，以一種崩毀又自然的方式翻轉過來。但這不僅是為娛樂、不僅是做效果，而是一種天生而成後天豢養的惡意，極大化極思覺失調成的一種原罪。

即便這幾年的湊佳苗主題確實有單一化傾向，但我對《聖》的評價還是頗為看好，至少打臉在地一票類型親情小說。無奈那年直木賞結果公布，看到那些大腕評審作者對《惡》是劣評多於優評，讓我有些為湊佳苗感嘆。我這邊舉摘幾人的論點——譬如有寫實小說女王之稱的桐野夏生說：這部小說「好像一輛卡車維持著相同的車速反覆旋轉，雖然在閱讀的時候希望在某個情節上有所衝刺，卻始終無法擺脫」；宮部美幸說：「我向來能在湊老師作品中的登場人物身上獲得共鳴，常常有著『我能體會』的想法出現，《惡》也是如此。可惜的是，除了『我能體會』之外，就沒有其他東西了」；至於在臺灣以《解憂雜貨店》素負盛名的東野圭吾則說：「雖然標準的水平達到了，卻總是停留在同一個水準。為了故事而設計的人物，有點過於單純化了」。

確實我也不是不能體會，東野圭吾前幾年的小說也經常被批評著重在情感表述上，而本格的詭計與套路雷同，動不動就是氰酸鉀毒殺什麼的，這幾年東野圭吾也力求改變，譬如《拉普拉斯的魔女》用硫化氫透過溫泉區的大數據達成謀殺目的；《操縱彩虹的少年》以演奏光線影響腦科學。其實不過也是他的單一化套路，這可能是類型小說寫作的限制，但又何嘗不是一種評審的自我打臉。非知之難而行之難，坐而批判總比起而實踐容易。

確實娛樂小說不比純文學在人物角色的深度刻畫，較強調的情節推演，而人物適度的扁平單一有助於情節收斂，避免節外生枝。但湊佳苗的套路確實是她的獨家門牆，但從《母性》到《惡》，湊佳苗直指日本社會對女性，對母親、孕婦與嬰孩等身分階級諸多辯證。日本文化一方面認為單身女性造成少子化不友善；又對孕婦嬰孩等製造他人麻煩迷惑的群體不友善。這種集體厭女的社會架構，讓「母／女」生出緊張關係，成為父權體制二位一體的受／加害者。因此湊佳苗這樣的故事以娛樂為主，以翻案為奇，卻機鋒鋒靈巧巧地，揭露了這般無言亦無力的惡之庸常性。

當然，直木賞有其公信力，而這些大名昭昭的評審們，可能還考量他們身處文壇的前瞻發展，未必是我們海外讀者可以置喙。但湊佳苗的小說在臺灣本本暢銷，讀者口碑發酵，這正是她所細膩掌握到的這種情感內核的複雜，以及對現實人生與壓迫的一種惡趣味。當然，文學獎是一回事，暢銷是一回事，雅俗的品味，意識形態的糾結，成群結黨的相互標榜，這在在大哉大問。回頭來看臺灣，當前我們該如何看待文學獎，如何客觀去檢視評審標準，公正對待投稿者，可能得留待下個世代才能回應。

不過就如這次新聞衍生的後續討論，文學獎式微已然不可逆，書市衰頹讀者稀薄也是老生常談，在「文學」都已然危如累卵之時，「文學獎」簡直猶如四星彩刮刮樂、獎金意義已大過於實際價值，那麼又何必這麼在意呢？

（本文引用「一五五居直木賞」評語翻譯，引自「湊。佳苗湊。かなえ」臉書粉絲專頁。）

七年級面目鮮明

約莫十年前的二〇一〇年，有文學雜誌作了個專題，指甫進入文壇二十歲左右的七年級作家「面目模糊」，也差不多那一兩年間出版了一部選集套書，書名曰《七年級小說（散文、新詩）金典》。那大概可視為七年級作家的文壇菜鳥秀初登板。十年之後的二〇二〇年，又掀話題的是《新世紀二十年詩選（2001-2020）》。好像這樣的按斷代，分世代，經常會成為導戰火線。

我自己其生也早，小靈魂老肉體，但投稿獲文學獎甚晚，那幾年還身留此岸勾眼巴巴望著新世代文壇琉璃淨土，星空輿圖熠熠。十年過去，新世代面目逐漸成形，但社群時代網路時代，讀者受眾媒體與書市卻產生劇烈變化。

要親身踏查這新世代文壇田野，那難免先問立場型態，有時還得考下出身派幫與人際網絡。古典所謂「觀千劍而後識器」早過時了，新世代作家讀者大多不信科班出身專家學者這套，要論此題目那真的是得撿到槍或吞到劍。說實話，十載風霜，魑魅搏人，「經典」這個大論述早就不適用。就像陳栢青〈成為作家第一年〉說的，這一代七年級作家被視為有種遲緩：「聲量大，生產力弱。代表多，代表作很少」。陳這篇論述微觀細究，我服膺拳拳，此處徵引一段：

文學獎、隨意結集在市場上早不管用了。讀者想要的書往往是一個明確的概念，一個企畫，一個清晰的形狀。有時候是一個名字，有時是一個口號或是鮮明的關鍵字，前者就是明星作家的生產，後者預言金句體的流行，以及一次成功的出版帶起關鍵字後一本書變成一整個櫃子同名作的複製人大舉進攻。

明星作家、金句體加上關鍵字，這擺脫了面目模糊的可能，但不得不然換來一種蹭名聲搏版面刷存在感的意義。過去有作家怕沾惹政治碰瓷議題，但新世代不乏戰神系改革系作家，站C位般占到極正確或極錯誤天秤一端，不是要別人快促轉就是嚷嚷自己被促轉；過去有作者怕被以商業低俗目之，新世代建檗起所謂小朋友系文壇，淺碟稀薄，方便在ＩＧ牆風傳瘋轉。

說來慚愧，我博論研究的正是中古時期的文學集團，要知道文團組成那可不是許多作家或評論者幻想的——某種冥契主義的隱密連結，隨意湊泊，靈性相感召。有更多科學驗證的向量，包括共享資源、活動場域、相互標榜的書信往來或贈答詩等史料。而用年齡代際來區辨集團特質，很可能不夠精準或離同合異的草率便宜。

但既要論世代文學，我覺得還是有些代表作者值得一提。以繼承五年級駱以軍、六年級童偉格的現代主義式純文學作者來說，如黃崇凱、黃麗群或言叔夏，堅守純文學壁野，粉絲老鐵擁戴，未必不經營社群，但重心並不是放在流量空軍。相對上述抓緊純文學利基，ＩＧ體派則是另闢蹊徑。這些作家本身年齡或許還有跨際，從六字尾到九字頭，甚至有覆面匿名者，但他們讀者之分眾相對明確，大學生、高中生，或許聖粉所定義之十八至三十五歲，詩壇小玉放火，文壇反骨男孩，就像大數據區塊鏈，流量穩定輸出，賣書不分藍綠，自然也無關老少。

至於戰神系議題系的作家大家都熟，議題聲量不同於明星經營，通常得隨時事隨新聞發稿，交稿期限從週到天到小時計。這樣的作品自然相對會削弱文學性（或更濛曖地說成抒情傳統性，更意識形態地說是華國美學性），重在主旨明確，用語流暢，不藻飾逞采，讓其TA（行銷對象）一目了然。僕竊以為議題作家有些復古傾向，文以載道，詩歌應時而作，當然作家本身未必傾向這樣的路數，而在讀者流量，眼球戰爭的大趨勢下不得不易弦更張，或以書養書、用愛出版，以議題書豢養純文學寫作。

但無論作家、讀者、出版人，嚷嚷的大致都是閱讀盛世不在，書街倒閉傾頹的大局觀。而這樣的產業鏈崩潰，我覺得最深切影響或質變的就是作家得大規模大聲嚷嚷以敢曝自己。大家都說蝸居在書房坐對韋編、著述立說的時代已經過了，作者得身兼網紅行銷，且不只談如何創作、發掘靈感這些濫調常談。愛旅遊的談旅行，會烹飪的談料理，談生命經驗，談長照育兒，談閱讀策略與故事行銷，文學科班的談小說技術或教育改革，還有偶爾分享給新手作家的職人見習營，將想當作家以寫作為業的莘莘學子，當成直銷公司的幹訓大會。

我再次強調——各位別誤以為這篇酸酸鹼鹼，語帶嘲諷，但我初衷絕無意指摘。勢無常勢，在各自求生的時代，面目鮮明總比模糊要來得好，為了一起共演這臺如當年課本裡的洪醒夫〈散戲〉。戲臺上是搬演沒完的包公鍘陳世美案，如老屋改造舊城更新，戲劇化、誇飾化，什麼蚌精蛇蠍美女重口味都得嘗試過一輪。讀者可以毒舌，作家務必親和。過去慣擅的小說散文現代詩顯然早不足以承載這些新題材、新議題和新讀者，習翫為理，事久則瀆，非得新變才能苟延殘存。

當然，這樣的新變難免遭到質疑。（歷代文學新變不都曾遭質疑？）年長讀者視力受藍光摧殘看不了書了，年輕讀者將臉書粉專或ＩＧ牆當成進化版電子書，形象已清晰鮮明的七年級作家，終於朝夕論思來到瓶頸，未來文壇如何質變，八年級九年級如何在閱讀稀微的時代開創新盛世，實在已不是我從古典文論如〈文學傳論〉、《詩品》或《文心雕龍》得以歸納出來的脈絡或史觀。作品難免有結束一行，但灼見真知的評論者會不斷觀察下去，終有朝一日，他們會像劉勰或鍾嶸建立出自己當代文壇的口味與樣貌。到了那一日，我們的文學將真正意義地成為文學史。

文學叢書 639

INK PUBLISHING

書情點播 有些心情無法排解，就需要一本書來配

作　　者　祁立峰
總 編 輯　初安民
責任編輯　宋敏菁
美術編輯　黃昶憲
校　　對　吳美滿　祁立峰　宋敏菁

發 行 人　張書銘
出　　版　INK 印刻文學生活雜誌出版股份有限公司
新北市中和區建一路 249 號 8 樓
電話：02-22281626
傳真：02-22281598
e-mail：ink.book@msa.hinet.net
網　　址　舒讀網 http：//www.inksudu.com.tw

法律顧問　巨鼎博達法律事務所
施竣中律師
總 代 理　成陽出版股份有限公司
電話：03-3589000（代表號）
傳真：03-3556521
郵政劃撥　19785090　印刻文學生活雜誌出版股份有限公司
印　　刷　海王印刷事業股份有限公司

港澳總經銷　泛華發行代理有限公司
地　　址　香港新界將軍澳工業邨駿昌街 7 號 2 樓
電　　話　852-27982220
傳　　真　852-27965471
網　　址　www.gccd.com.hk

出版日期　2020 年 12 月　初版
ISBN　978-986-387-359-4
定　價　280 元

國家圖書館出版品預行編目資料

書情點播
有些心情無法排解，就需要一本書來配／
祁立峰著 --初版,
新北市中和區：INK印刻文學, 2020.12
面；14.8 × 21公分.（文學叢書；639）
ISBN 978-986-387-359-4（平裝）

863.55　　109012937